KB164519

꿈꾸는 소리 하고 자빠졌네

창비시선 475

꿈꾸는 소리 하고 자빠졌네

초판 1쇄 발행/2022년 4월 22일
초판 5쇄 발행/2023년 11월 22일

지은이/송경동
펴낸이/염종선
책임편집/박지영 박문수
조판/박아경
펴낸곳/(주)창비
등록/1986년 8월 5일 제85호
주소/10881 경기도 파주시 회동길 184
전화/031-955-3333
팩시밀리/영업 031-955-3399 편집 031-955-3400
홈페이지/www.changbi.com
전자우편/lit@changbi.com

ⓒ 송경동 2022
ISBN 978-89-364-2475-6 03810

* 이 도서는 아르코문학창작기금 지원사업에 선정되어 발간된 작품입니다.

꿈꾸는 소리 하고 자빠졌네

송경동 시집

창비

차
례

제3부

제 1 부

청소용역노동자들의 선언

우리는 당신들의 집과 건물이
깨끗하기를 바랍니다

그만큼
우리를 대하는 당신들의 인성도
깨끗하기를 바랍니다

우리는 당신들의 삶과 생활이
더 윤택하고 빛나길 바랍니다

그만큼
우리가 받아야 할 대우도
환하고 기름지길 바랍니다

우리는 노예나 종이 아닙니다
당신과 나의 권리는 서로 존중되어야 합니다

이 세상의 모든 불의를 바르게 정돈하고
잘못된 구조와 모순을 뜯어고치는 일은

우리 모두의 일이어야 합니다

우리는 쓸겠습니다
당신은 닦으십시오

부디
우리가 치워야 할 쓰레기가
당신들이 아니길 바랍니다

관변 시인

모 신문에 칼럼 연재를 하다 육개월도 안 돼 잘린 적 있다 삼성반도체 직업병 희생자 관련 글을 두번 썼는데 '아우슈비치도 아니고, 747부대 생체실험장도 아니고'라며 삼성을 비난했다는 이유였다 청와대도 공유받지 못하는 기사가 삼성그룹 홍보실에 보고되고 홍보실 관계자가 담당 기자에게 직접 전화해 엄포를 놓았다고 했다 해당 언론사 수입 절반이 삼성 현대 SK 등 재벌사 광고라 했다

다행히 눈 밝은 젊은 기자들이 들고일어나 필자인 내게 사과하고 삼성 관련 기사에 대한 내부 매뉴얼도 만들어졌지만 얼마 후 지면 개편을 이유로 정중한 연재 중단 요청이 와서 순순히 따랐다… 세월이 지난 뒤 다시 연재 요청이 왔을 때는 시사 문제 말고 아름다운 시 얘기면 좋겠다 했지만 잘 안 됐다 '백남기 선생은 죽지 않았다' '피의자 박근혜' 이런 게 제목이었다 다시 육개월여가 지나자 정중하게 지면 개편을 사유로 연재 중단 요청이 왔고 이번에도 나는 순순히 따랐다

한번만 더 중간에 자르면 가만있지 않겠다는 투지보다 한

번만 더 지면을 주면 시키는 대로 말랑말랑한 시 얘기만 할 텐데라는 상념이 더 많은 나는 아무래도 관변 시인이 될 기질이 농후하다

강철은 어떻게 단련되는가[*]

기름 묻은 스패너가 투덜거린다
나는 왜 시의 소재가 될 수 없냐고

덩달아 밀링도 투덜거린다
내가 뚫은 수많은 요점들이
근래 한국문학에 제대로 인용된 적 있냐고

컨베이어도 투덜거린다
뺑이치며 이 세상 돌려줘봐도
우리에 대한 서사는 한줄도 없다고

잠자코 듣고 있던 미싱도
공작기계도 건설공구도 농기계도
어구도 한마디씩 하고 나선다

시끄러워 죽겠다
모두가 자기들 얘길 쓰는 거라고
니들 얘기는 니들이 쓰면 되지 웬 투정들이냐고
한마디 하고 만다

* 러시아 작가 니콜라이 알렉세예비치 오스트롭스키는 1904년 가난한 노동자 가정에서 태어났다. 초등학교를 겨우 마친 뒤 기차역 식당에서 설거지를 하고 발전소 화부 조수로 일하며 세상에 눈떠갔다. 1919년 혁명군의 일원이 되어 전선에 나갔다가 중상을 입고 제대했다. 병상 생활을 하며 시력까지 잃었으나 강인한 정신력으로 자전소설 『강철은 어떻게 단련되었는가』를 썼다.

연루와 주동

그간 많은 사건에 연루되었다
더 연루될 곳을 찾아 바삐 쫓아다녔다

연루되는 것만으로는 성이 안 차
주동이 돼보려고 기를 쓰기도 했다

그런 나는 아직도 반성하지 않고
어디엔가 더 깊이깊이 연루되고 싶다
더 옅게 엷게 연루되고 싶다

아름다운 당신 마음 자락에도
한번쯤은 안간힘으로 매달려 연루되어보고 싶고
이젠 선선한 바람이나 해 질 녘 노을에도
가만히 연루되어보고 싶다

거기 어디에 주동이 따로 있고
중심과 주변이 따로 있겠는가

소설과 철학의 기원

광화문 촛불 집회 때 백만이 넘어가자
유명한 철학자 한분께서 무대에 서겠다고
자꾸 마이크를 달라 했다
가르쳐주고 싶은 게 많은가보았다

광우병 쇠고기 반대 촛불 집회가 거대해졌을 땐
한 저명한 소설가께서 허둥지둥 현장을 휘젓다가
방송 카메라가 보이자 저돌적으로 얼굴을 들이밀었다
해주고 싶은 이야기가 많은가보았다

그뒤로 나는 그 철학자와
소설가의 책은 안 본다
굳이 그 깊이와 복선을 읽지 않아도 될
그들의 진면목을 보았기 때문이다

검사의 인정신문 재구성

피고인은 2011년 7월 9일 18시경부터 다음 날 15시 30분경까지

만여명의 참가자를 선동해 무단으로 도로를 점거한 채

미신고 집회 2차 희망버스를 진행하며 공권력의 해산명령에 불응한 것 맞지요?

아니요. 나는 재벌의 사병이 되어 정의를 해산하려는

부당한 공권력의 참주선동에 따르지 않았을 뿐입니다

현행법상 누구든지 0시부터 해가 뜨기 전까지 옥외 집회 시위를 하여서는 아니 됨에도

피고인은 전 차로를 점거한 채 '정리해고 철회' 등의 피켓과 플래카드 그리고 촛불을 들고

영도조선소 정문 앞까지 가두 행진하여 야간 시위 금지 및 일반교통방해죄를 위반한 것 맞지요?

아니요. 나는 야간 시위를 한 게 아니라

인류의 새로운 새벽을 꿈꾼 것입니다

이는 역사에 자주 있는 특수한 길로

'일반교통방해'로 좁게 해석되거나 가둬지지 않습니다

　그럼 시위대들이 경찰 집기를 뺏고 부수며 폭행을 가하기도 한
특수공무집행방해죄는 인정하는 거죠?

　　인정할 수 없습니다. 모든 이의 생이 노역과
　　고역이 되지 않는 사회혁명을 꿈꾸는 일은
　　인류의 보편적인 요구로 여기에 맞서
　　특권층의 이해만을 대변하는 국가의
　　어떤 '특수공무'도 인정될 수 없습니다

당신이 양심수

감옥이 따로 없어
법정최저임금 정도나 받는 강제 노역에 시달린 후
저물 무렵 반지하나 옥탑방으로 자진해 입방하는
당신이 양심수

학자금 대출은 언제 갚나
실업의 번호표 달고 차디찬 면접장 찾아가 또 물먹고
좁은 고시촌 계단을 터벅터벅 올라가 스스로 입감되는
당신이 양심수

평생을 일해도
가질 수 없는 집 한칸 묵은 세간 꾸려
다시 낯선 주소지로 이감 가는
당신이 양심수

요양병원에라도 보내지면 다행
보호관찰도 없는 단칸방에서
누렇게 뜬 채 고독사하는
당신이 양심수

그래서 더 위험한 회유의 대상이어서

가끔은 기초수급자니 최임노동자니 청년수당이니 기본
소득이니

알량한 당근의 대상이 되기도 하는

당신이 진짜 양심수

포토라인

동료와 가족 서른명 줄초상을 치르고
십년 만에 복직을 맞은
쌍용자동차 해고 노동자들이 마련한
'고맙습니다' 행사 마지막 기념사진

뒤로 조금씩 물러서라는 포토라인을
폴리스라인이라 부르는 한 벗의 능청에
모두가 빵 터진다 빨리 채증하고
끝내라는 원성들 자자하다

어떤 포토라인보다 많던
채증 카메라 앞에 선 게
한두해 아니다보니
말놀이도 다른 사람들

찰칵, 찰칵 소리가 한 사람 한 사람
수갑 채우는 소리로 들리는 이번 생에는
더이상 찍힐 설움도
눈물도 남아 있지 않았다

오늘 난 편지를 써야겠어

전재산 삼만원
'쏘주'를 스무병 정도 사서
뇌를 마비시켰다고 했다
남은 돈은 이천칠백원
일일이 동지들께 전화 드릴 돈이 없다고
만원도 이만원도 좋으니
조금씩만 부쳐주면 좋겠다는 메일이
마지막이었다 인천의 반지하 셋방
그는 문턱에 건 목을 길게 빼고
사람들을 기다리고 있었는데
빈 술병들은 나부라져 우리는 모르는 일이라고 했다
발전소 정규직 노동자로 혼자 잘 사는 게
미안하다고 그만두고 나와선
〈노동의 소리〉에서 현장 영상 활동가로 살던
닉네임 '숲속홍길동'이었다
묘 쓸 형편이 안 돼
마석 모란공원 납골당에 안치했다

오랜만에 전화한다고

감을 떼다 팔아보고 싶은데
충북 영동에 아는 사람 있으면
소개 좀 해달라고 했다
만성혈전증에 하혈을 자주 해
아기용 기저귀를 차고 노점 일을 한다고 했다
치료비 없어 못 해 넣은 앞니 때문인지
전화기 너머로 쉰 쇳소리가 났다
저녁 아홉시 반까지는 하루치라도 내야
여인숙 달방에서 쫓겨나지 않는다고
여인숙 주인 핸드폰을 빌려
돈을 조금만 부쳐달라는 전화가
마지막이었다 밤 열한시 경찰이 출동해보니
허름한 여인숙 방에 피를 쏟은 채
마른 사내 하나가 쓰러져 있었다 혁이였다
용산 참사 현장에서 '촛불전국연대' 운영진으로 함께 살고
강남 성모병원 비정규직 투쟁
KTX 비정규직 여승무원 투쟁
비정규직 철폐 전국 자전거 행진도 함께 했던
씩씩하던 이

2009년 대한문 앞에 노무현 분향소를 차리고
시민 상주 역할도 했던 이
지금도 김이었는지 박이었는지 헷갈리는
혁이도 마석 모란공원 납골당에 안치했다

어느 날인가
낯선 문자 하나가 들어와 있었다
자신은 극단 산수유에서 연출하는 사람인데
내 시집 제목 '사소한 물음들에 답함'으로
연극을 만들었다고 시간 되면
꼭 보러 와달라는 것이었다
연극이 끝난 후 그가
자신의 오빠가 '윤활유'라고 했다
윤활유는 2008년 광우병 촛불 항쟁 당시
항쟁의 중심이었던 '안티MB' 카페지기였다
항쟁 후에도 MBC 정상화 투쟁 등
촛불 시민운동의 주요 리더로 헌신했다
시간이 흘러 일당 칠만원을 받으며
일요일도 없이 조경 일을 다닌다고 했었다

바쁜데 오지 말라더니 자신은 똑바로 세우지 못하고
간암으로 쓸쓸히 쓰러져갔다
촛불 시민들 마음을 모아
마석 모란공원에 간신히 봉분 하나를 만들어주었다

그러고 보니 우리 모두가
왁자지껄 한자리에 모였던
잔치 같던 날도 있었다
2008년 10월 21일
기륭전자 앞에 기습적으로 망루를 쌓고 오를 때
숲속홍길동은 카메라를 들고 분주히 뛰어다녔고
혁이는 건설일용노동자 출신답게 망루 위로 뛰어 올라가
수많은 채증 카메라 앞에서 구속을 각오하고
아시바를 받아 쌓던 단 한 사람이었고
윤활유는 치고 들어오는 용역깡패들을 막아서다
원투 펀치에 한 눈이 피투성이
실명되는 부상을 입고 앰뷸런스에 실려 갔다
나도 그 자리에서 표적 연행되었다가
구속영장 기각으로 간신히 나오긴 했지만

나는 지금껏 비겁하게 살아남았고
오늘도 여전히 비루하게 살아가고 있다

나도 나중엔
누군가에게 전화를 걸게 될까
혹 만원이라도 이만원이라도
부쳐줄 동지들이 남아 있을까
감을 싸게 떼다 팔 곳을 소개해줄
친구가 남아 있을까
조경 일이라도 같이 할 친구가
남아 있을까
"언제라도 힘들고 지쳤을 땐
내게 전화를 하라고"*
전화카드 한장을 건네줄
동지가 남아 있을까

* 꽃다지의 노래「전화카드 한장」중에서.

대한민국 예술원 풍경

얼마 전
대한민국 예술상을 받아보라고 연락이 왔다
대통령상이라 했다 영장이라면 모를까
김진숙이나 복직시키지 비정규직 양산법이나 없애지
개성공단 열고 남북열차나 잇지
몇년 전 약속했던 차별금지법
예술인권리보장법이나 통과시키지
단 일초도 망설이지 않고 안 받겠다고 했다
상금도 있다 했지만 싫다고 했다

어디서부터 잘못 살아온 걸까
매번 대통령 선거 때마다
주요 캠프에서 웬 벤또도 아니고 멘토나
무슨 위원이 돼달라고 한다
그때마다 싫다고 했다
전엔 친일 부역하고 5·18 광주 학살을 자행한
전두환 각하께 '일해(日海)'라는 호를 상납하고
"이 겨레의 영원한 찬양을 두고두고 받으소서"라는
탄신 송시를 썼던 서정주를 기리는

미당문학상을 받아보라는 연락이 왔었다
받지 않을 까닭을 조목조목 말해주던
그땐 그래도 세상에 대한 너그러움이 남았던가보다

그런데 어떤 교수 출신 저명한 예술가들께서는
기존 연금에 더해 한달에 꼬박꼬박 백팔십만원씩 받는
대한민국 예술원 회원이 되고 싶어 줄을 서고
저희들끼리 모여 몇년짜리 한시적인 명예를
종신제로 바꾸는 정관 개정도 했다는데
몇년 전 숨진 채 발견된 서른두살 청년 작가 최고은은
"저 쌀이나 김치를 조금만 더 얻을 수 없을까요
번번이 정말 죄송합니다 2월 중하순에는
밀린 돈들을 받을 수 있을 것 같아서
전기세 꼭 정산해드릴 수 있게 하겠습니다"라는 쪽지를
남겼었지

그나마 나는 선방하고 살고 있지 않냐는
위안이나 긍지보다
기껏 저항이라는 게 이제 이런 사소한 것들에 대한

소극적 반항밖에 없는 것인지
자꾸 뭘 받아보라는 건
이젠 내가 티끌만큼도 불온해 보이지 않는다는 건데
놓쳐버린 웬 상다리나 상금보다
그게 그렇게 분하고 서글플 뿐이다

김수영을 빌려 얘기하자면
시중의 부동산값 금값만 천정부지로 뛰고
계란값마저 한판에 만원이라는데
기성 육법전서를 넘어 구 자유당처럼 불법을 감행해도 모
자랄 혁명을*
요 모양 요 꼴로 만들어놓은
그놈들의 사진을 다시 떼어 밑씻개로나 쓸까**

이런 옹졸한 내게 상까지 주시겠다는
높으신 가카야 고매하신 선생님들아
나는 여전히 얼마나 작으냐
모래알처럼 티끌처럼 나는 얼마나 작으냐***

인간의 양면

2022년 3월 미사일 공격을 받은
우크라이나 서부 도시 르비우의 한 광장에
109개의 빈 유아차가 놓인
사진을 본다

세월호 참사가 있었던 2014년 11월
대한민국 서울 광화문 광장에
304개의 빈 책걸상을 옮기던 일이
어제 일 같다

2012년 4월엔 스물두명이 스스로 목숨을 끊은
쌍용자동차 정리해고자 합동분향소를
시청 광장 건너편 대한문 앞에 세우고
버려진 작업화들을 놓기도 했었지

그런 참혹한 애도의 시간에
어느 누군가는 달러 지수를 살피고
원유와 가스와 니켈과 밀 관련 주식을
쓸어 담지

나와 내 친구들이
하나의 관을 들듯 조심조심 책걸상을 옮기고
버려진 작업화에 심을 작은 꽃들을 구하러 다니는 동안에
말이야

제 2 부

나무에게 보내는 택배

다시 태어나면 산동네 비탈
굴 껍데기처럼 다닥다닥 붙어 사는 이들에게
시원한 바람이나 눈송이를 배달해주는
씩씩한 택배기사가 되었으면 좋겠네

재벌과 플랫폼 업자들이 다 나눠 먹고
티끌 같은 건당 수수료밖에 안 떨어지는
이승의 목마른 비정규직 택배 일 말고

인생에 꼭 필요한 사랑의 원소들
이 추운 겨울날 저 따뜻한 햇볕처럼
모두에게 골고루 나눠지는 온정과
눈부심을 배달하는 무욕의 택배기사

삶이라는 도서관

다소곳한 문장 하나 되어
천천히 걸어나오는 저물녘 도서관

함부로 말하지 않는 게 말하는 거구나
서가에 꽂힌 책들처럼 얌전히 닫힌 입

애써 밑줄도 쳐보지만
대출 받은 책처럼 정해진 기한까지
성실히 읽고 깨끗이 반납한 뒤
조용히 돌아서는 일이 삶과 다름없음을

나만 외로웠던 건 아니었다는 위안
혼자 걸어 들어갔었는데
나올 땐 왠지 혼자인 것 같지 않은
도서관

당가(黨歌)

내가 세상에 태어나
가장 많이 들은 노래는
어머니의 구수한 전라도 '당가'였다

그랬당가, 가셨당가
눈물 나 어쩐당가…

모든 말끝에 '~당가'가 붙으면
비로소 안심이 되고
천하의 몹쓸 인간도 그만큼의 곡절로
이해되고 용서가 되었다

나이 들어
따라 부르고 싶던 '위대한 당가(黨歌)'는
아직도 못 만났다
언제나 온당가, 오긴 온당가
영영 안 오면 어쩐당가

그래도 괜찮다

어머니와 같은 지극한 이들이
저 남녘 끝에서 저 대륙 끝까지
냉이 뿌리나 씀바귀마냥 끈질기게 살아
오늘도 서로를 따뜻이 껴안으며 살아가고 있으니
너무 외로워 말자

내 안의 원숭이를 보라

스물 초입 세상을 배울 때 꿈 하나는
나이 먹어서도 원숭이는 되지 말자였다
잠깐 민주주의자였다가
잠깐 정의의 편 참된 역사의 편이었다가
왕년의 시시껄렁한 무용담이나 늘어놓고
얕은 재주나 파는 이는 되지 말자
수많은 사람들의 헌신과 희생을
내 것인 양 사유화하고
헐값에 팔아넘기는 사람은 되지 말자였다

그러나 어느 틈에
내 안에도 들어와 사는 큰 원숭이 한마리를 본다
작은 재주에 으쓱하고 쉬지 않고 재롱을 부리며
광대처럼 무대에서 박수만 받고 싶어 하는 원숭이
사회를 검색하는 일보다 자신을 검색하는 일이 더 많고
숨겨진 진실을 캐는 일보다
눈곱만 한 자산을 계량하는 일이
더 많아진 원숭이

자신이 어떤 좁디좁은 철망 속에
다시 갇혔는지도 모른 채
몸집만 커다래진

우리 안의 폴리스라인

이제 그만 그 거대한 무대를 치워주세요
우리 모두가 주인이 될 수 있게
작은 사람들의 작은 테이블로 이 광장이 꽉 찰 수 있게

이제 그만 연단의 마이크를 꺼주세요
모두가 자신의 말을 꺼낼 수 있게
백만개 천만개의 작은 마이크들이 켜질 수 있게

이제 그만 집으로 돌아가라는 친절한 안내를 멈춰주세요
나의 시간을 내가 선택할 수 있게
광장이 스스로 광장의 시간을 상상할 수 있게

전체를 위해 노동자들 목소리는 죽이라고
소수자들 목소리는 불편하다고 말하지 말아주세요
부분들이 행복해야 전체가 행복해요

어떤 민주주의의 경로도 먼저 결정해두지 말고
어떤 역사적 사회적 정치적 한계도 먼저 설정해두지 말고
오늘 열린 광장이 최선의 꿈을 꿔볼 수 있게

광장을 관리하려 하지 말고
광장보다 작은 꿈으로 광장을 대리하려 하지 말고
대표자가 없다는 말로 오늘 열린 광장이
어제의 법과 의회 앞에 무릎 꿇지 않게 해주세요

위만 나쁘다고
위만 바뀌면 된다고도 말하지 말아주세요
나도 바뀌어야 할 게 많아요
그렇게 내가 비로소 나로부터 변할 때
그때가 진짜 혁명이니까요

구두에 대한 조사

재래시장에서 싼 구두만 사다
처음으로 백화점에서 거금 십이만원을 주고 산
랜드로바가 있었지

공교롭게도 취득 며칠 후
기륭전자 앞 포클레인 점거에 들어가
농성장 한편 검정 비닐봉지에 가둬야 했던 구두
농성 중 실족해 발뒤꿈치뼈가 열네조각 난 뒤
병원 수납장 안에 갇혀야 했던 구두
퇴원 후에도 한짝은 목발에 내주고
깁스 풀고 신을 만하니
한진중공업 희망버스 수배자가 되어
삼천원짜리 슬리퍼에 발 내주고
전국해고자복직투쟁위원회 사무실 캐비닛에
감금되어야 했던 안타까운 구두
결국 부산구치소 영치함에
나와 함께 구속당해야 했던 억울한 구두
보석으로 풀려나는가 싶더니
다시 재수술받는 녹색병원 병실 수납장이어서

기막혀하던 구두

언젠간 그 구두를 반짝반짝하게 닦아
산으로 들로 바다로 데려다줘야지
낯설고 먼 나라 구경도 시켜줘야지 했지만
걸을 만하니 또다른 투쟁 현장으로만 끌고 다니다
결국 닳고 만
잊지 못할 구두 한켤레

목소리에 대한 명상

한땐 어떤 현장에서도 목소리 높이지 않았다
전경들과 몸싸움을 하면서도 소리 내지 않았다
저 뒤의 구조와 싸우기 위해
구체적인 조직과 결정적인 투쟁을 준비해야지
저들의 희미한 실루엣에 불과한 전경들과
경찰들과 이스트로 불린 빵 같은
용역깡패들에게 분개해서 무엇이 남겠는가 했다

한땐 어떤 논쟁 자리에서도
내 의견을 드러내지 않고 경청하며
타인의 의견을 존중하고 지지해주려 했다
내 이야기보다 내 의견의 관철보다
타인의 자발성과 주체성 그 결의와 열망이
스스로 주인이 되는 시간
정연한 논리 너머에서 억눌린
침묵의 말들을 생각했다

그러나 어느 날부터 내 목소리는 높아지고 있었다
현장에서 경찰과 용역깡패와 구사대를 향해

목이 터져라 외치고 있었다
연행해봐. 뛰어, 넘어가…
열겹 스무겹 공권력에 고착된 대오 속에서
그래도 우리 주눅 들지 말자고
목이 터져라 외치고 있었다
경찰의 고출력 스피커 소리에 지면 안 된다고
마이크를 통째로 삼킬 듯
내게 남은 모든 힘을 모아 소리치고 있었다
그렇게 대치하고 나면 목에 창살이 드리워져
며칠씩 아무런 소리도 올라오지 않았다

회의와 논쟁 때마다 상처받기도 했다
다른 논리, 다른 평가, 다른 가치
다른 진정성, 다른 틀, 다른 정세분석
밖을 향한 분노보다 내부의 작은 염결만 좇는 편협함에
좌우 막론 자기 조직 입장만 최선인 종파주의자들에게
  매번 대중의 상태를 들먹이며 투쟁을 회피하는 상층 관료
들에게
  더 급진적으로 나아가자는 의견을

냉소하는 개량된 비웃음에 상처받았다
당신은 조직적인 관점이, 대중적인 관점이
전략적 관점이, 당파성이…
의지주의자, 경험주의자, 사해동포주의, 주관주의자…
쉴 새 없이 쏟아지던 숱한 비난과
비판에 상처받기도 했다

나중에는 나도 무장하고 다녔다
상처받고 싶지 않아 먼저 공격했다
짓밟히고 난 뒤의 모멸과 분노를 견딜 수 없어
목청을 먼저 높이 올렸다
경험과 관계와 역할과 지위를 이용해
누군가의 불편한 목소리를 선제압하기도 했다
급히 가야 한다는 명분으로
작은 소리, 여린 소리, 세밀한 목소리 들을
묵살하기도 했다

파쇼와 싸우다보면 파쇼를 닮는다고
어느새 내 목소리는 금세 끓어오르고

어느새 창처럼 곤두서고 불처럼 뜨거워져
금세 공격적이 되는가보다
나만 옳고 나만 원칙이고 나만 최선이고
나만 중심이어야 하는가보다
오랜 상처가 쌓인 일종의 산재라고 항변도 해보지만
좋지 않은 목소리다

작은 사랑과 신뢰와 믿음을 전하지 못하는 목소리는
타인에게 웃음과 자유와 해방감을 전하지 못하는 목소리는
늘 긴장과 딱딱함과 분별과 위축과 포기와 실망을 전하는
목소리는
좋지 않다
큰 이야기가 대부분 벌거벗은 임금님의 이야기인 것을
무엇을, 누구를 잘 안다는 이야기가
실상은 인생에 대해
아직 아무것도 모른다는 이야기인 것을

목욕탕 순례기

노숙농성 하면서 목욕탕엘 가면
냉온욕을 하는 게 습관이 되었다
냉탕과 온탕을 번갈아 일분씩
칠회나 구회쯤 오가면
검던 얼굴도 조금은 희어지고
정신까지 말끔해지곤 했다

용산 철거민 학살 진상규명 투쟁 땐
신용산역 앞 24시간 사우나를 다녔고
노동법 전면 개악 반대를 위해
청계천 변 파이낸셜 빌딩 앞에서 농성할 때는
근처에 싼 목욕탕이 없어 어쩔 수 없이
바로 옆 호텔 사우나를 가끔 다녔다
종종 돈을 아껴보려 종로3가
국일관 지하 사우나를 찾기도 했다

박근혜 퇴진 광화문 캠핑촌 농성 때는
광화문에 딱 하나 있는 남성 전용 대호사우나를 애용했다
총무께서 몇장씩 배급해주던

버스 토큰 같은 할인권을 아껴가며 써야 했다
때밀이 사내가 노란 냄비에 끓여주던
삼천원짜리 라면이 참 맛있었다

파인텍 고공농성 해결을 위한 24일간의 단식 때는
차광호랑 나승구 신부님, 박승렬 목사님, 이해성 극단 고
래 대표와
매일 새벽 목동 로데오거리에 있는
지하 사우나를 다녔다 미라처럼
서로 말라가는 몸을 보며 천천히 말들도 말라갔다

근래엔 콜텍 본사 앞 단식농성장에 있으면서
근처 목욕탕엘 다녔다
내내 평당 수억 내외 땅에서만 농성하다
등촌동 허름한 골목길에서 하자니
체면 구기는 일이었지만
하는 수 없었다 늘 굶거나 하늘 높이 올라간
가난한 사람들 곁이었지만 참 행복했던 시간들

그러던 어느 날 문득 목욕탕 거울 속의
내가 낯설어지고 서글퍼졌다
그런데 나는 얼마나 깨끗한 사람이 되었나
이곳저곳 농성장을 오가며
도리어 마음의 때만 잔뜩 묻혀온 건 아닌가
명분과 허세만 잔뜩 걸친 흉한 짐승이 된 건 아닌가
무슨 투사라도 되는 양 겉만 번지르르하게 치장하며
정작 속은 더럽혀온 건 아닌가

진정 씻어야 할
마음의 얼룩들은 씻지 않고
지나온 시간들이 부끄러웠다
나의 농성은 세상의 불의를 씻어내는 것보다
내 마음속 오랜 무지와 허물을 닦는
고된 일이었어야 했다

울지 않는 피아노

어려서부터 피아노를 좋아해
음악 전공이 꿈이라는 아이와
전학년 성적표를 떼어
예술고등학교 진학 상담 선생님을 찾아간 날

아이가 가고 싶어 하는 학교는
스무명 뽑는데 여든명이 응시해
예순명이 떨어진다는 말을 듣고 온 날
그 스무명 중 1·2등급 아이들 몇명만이 원하는 대학을 가고
그 대학의 1·2등급 아이들만이
음악 교원 자격시험에 응시할 자격을 얻고
대부분이 삼수는 기본이고
그 아이들 중 소수의 금수저들이 유학을 다녀오고
유학을 다녀와서도 별다른 자리가 없어
비정규직 강사로 일한다는 얘기를 듣고 온 날
다음 달까지는 내신시험 공부에 전념하고
그뒤부터 하루 여섯시간은 실기 연습을 해야 할 거란 말
을 듣고 온 날
　오는 내내 아이에게 이 험한 세상에서

죽지 않고 살아남는 법에 대해 설교를 하며 오던 날
지갑을 탈탈 털어 오랜만에
만 팔천원짜리 라지 피자를 사 먹은 날
오늘은 피아노를 치기 싫다는 아이를
측은하게 바라본 날

초교부터 대학원까지 학비가 무료라는
핀란드의 교육 이야기를 읽은 날
초교 졸업생 절반은 직업학교를 선택하고
고교 졸업생 삼십 퍼센트 정도만 대학을 간다는 핀란드
등수가 뭐고 성적표가 뭐냐고
학교 다니는 아이들이 왜 방과 후에 또 사설 학원엘 가야
하냐고
예능은 누구나 신청해서 배울 수 있고
경쟁이란 말은 백 미터 달리기 할 때나 들어본다는 핀란드
무상교육에 더해 자녀 일인당 월 교육비 이십삼만원을 국
가로부터 받고
한시간 이상 숙제는 안 해도 되며
장애 아동도 한반에서 똑같이 수업 받고

동네 병원 간호사와 종합병원 의사와
목수의 월급이 같다는 독일 이야기를 읽은 날

서구 사민주의는 개량이라 배울 게 없다고
함부로 떠들고 다녔는데
그 정도만이라도 되면 참 좋겠다고
마음 한없이 가난해지던 날
다른 세상도 가능하다고
핀란드와 독일의 교육 이야기를 프린트해서
아이에게 말없이 건네준 날

엄니의 설날

길도 먼데 오지 마라
살기도 힘든데 명절이 다 뭐다냐
형도 일하느라 못 온다 허더라
아부지도 아프고 나도 몸이 션찮으니
이번 명절은 그냥 각자
집에서 쉬었으면 좋겠다

우두커니 앉아
연속극 두편 보고 나니 초저녁 어둠이
집달리나 저승사자처럼
방 안 이곳저곳에 처벅처벅 걸어 들어오더란다
아부지는 밥 묵을라요 하니
안 묵을라네 하더란다

요 앞 점빵에 가
술이나 한병 사 올랑께
어디 가지 말고
꼭 여기 있으시오이 하니
내가 갈 데가 어딨당가 하더란다

살면서는 웬수도 그런 웬수가 없었는데
근래 부쩍 꿈마다
니 아부지가 어딜 가버리고 없어
어린애처럼 펑펑 울다 잠이 깬다는
엄니의 쓸쓸한 설날

나는 그때 아주 작은 아이였습니다

전라도 바닷가 끝자락
벌교 읍내 오일장 터에서 방 한칸에
외할머니까지 일곱 식구가 피꼬막처럼 붙어 살며
작은 가내 제유소를 하던 시절

  강원도 정선 어디라던디
  폐광이 되어 보따리 몇개 메고 왔다요
  남편은 웃장 냉동창고에서
  생선 궤짝 나르는 일을 구했답디다

통행금지 사이렌이 울리면
토벌대마냥 흐린 불빛 하나까지 단속 다니던
방범대 호각 소리를 피해 소곤거리던
어머니 말이 아득했습니다

  저녁나절이면 낱장 몇개의 품삯과
  기계 밑에 흘린 곡물 가루를 살살 모아 담은
  작은 보퉁이 하나 들고
  한 손으론 공터 어두운 그늘에서 캐낸

감자만 한 아이 둘을 몰며 멀어져가던 당신

당신은 어느 산천에 나비가 되었나요
당신 아이들은 어느 강가에 푸른 꺽지가 되었나요

첩첩산중 강물은 돌고 돌아 바다로나 가지요
고단한 우리 몸은 돌고 돌아 어디로 가는 걸까요*

나는 그때 아주
아주 작은 아이였답니다

* 「정선아라리」 중에서.

내 삶의 서재는

내 첫 서재는
어머니에게 쫓겨나 뜻 모를 상형문자를 새기던
남도 장터의 어두운 흙바닥
갈대밭 너머 해협 위로 흩뿌려지던
저녁노을의 거대하고 숨 가쁜 붓질 앞에서
얼어붙곤 하던 그 긴 뚝방길

고향을 떠나온 컨추리 보이 시절 내 서재는
도회지 백화점의 커다란 쇼윈도
볼 수는 있지만 누구나 쉽게 통과할 수는 없는
문명의 투명한 벽 앞에서
내가 그간 읽어온 읍내의 칠흑과 진창이
까닭 없이 부끄럽고 치욕스럽던

한때 내 서재는
중세 기도원처럼 푸른 녹의 창살이 드리워진
소년원 높은 담장 안의 반듯한 침상
서가의 책들처럼 머리줄 맞춰
가지런히 누워 자던 어린 동화책

수백권이 내 책이기도 했지

그렇게 세상을 읽던 내 서재는 때로
종로3가 뒷골목 가짜 양주를 진짜로 속여 팔던
지하 삐끼집 칸칸의 룸이기도 했고
이중 삼중의 문을 열고 들어가야 파라다이스가 보이던
불법 빠찡꼬 철문 안이기도 했지

그렇게 내가 꾸벅꾸벅 졸면서도
잔업 철야로 세상을 읽으려 애쓰던 서재는
새벽 다섯시 반이면 어김없이 올라타야 했던
여천 석유화학단지 통근 버스
성에 낀 유리창 안이기도 했고
레일 따라 무지개가 솟던
광양제철소 용광로 앞이기도 했고
내복 두벌 위에 솜바지를 껴입어도
칼바람에 몸이 얼던 서산의 광활한 간척지이기도 했고
한번만 헛디뎌도 끝장인 수십 미터 허공에서
원숭이처럼 종일 폭 삼십 센티짜리 H빔을 타고

곡예를 하던 지하철 공사 현장이기도 했지

그 서재들에서 나는
인생이라는 서글픈 책에서
희망이라는 군더더기를 덜어내며 사는
이 눈부신 사회의 평범한 밑줄들을 만나고
헐벗은 영혼들의 텅 빈 본문과
그럼에도 절망할 수 없는 눈물겨운 고전의 세계들을 읽
었지
정의와 공평의 새로운 페이지를 꿈꾸며
스스로 구겨지거나 불타오르던
생의 비서(秘書)들도 만났지

우리는 공동체이기 때문에
지나온 청춘에 바치는 송가

충북 영동 건설 현장에서 방통일* 할 때
오야지**는 온몸에 용 문신 두르고
어려서부터 감옥을 제집처럼 드나들던 이
하루 일 끝나면 일괄 만원씩 공제해
'우리는 공동체이기 때문에'
함께 술을 부어야 한다던 폭군

비가 와 공친 날에도
'우리는 공동체이기 때문에'
'오늘은 비까지 오기 때문에'
일괄 이만원씩 공제해 시내로 나간다 했지
으슬으슬 뼈마디까지 쑤시는 감기 몸살이라
이만원은 내고 쉬겠다 했지만
'우리는 공동체이기 때문에'
예외 없이 함께 나가야 한다 했지

더는 참을 수 없던 날
야 이 개새끼야, 너만 미치고 싶니
내 안에도 너 안에 있는 것과 같은

지독한 상처와 텅 빈 고원이 있다
거기 짐승이 살고 피눈물이 산다고
"아짐, 여기 소주 한짝만요"
"맥주 글라스하고 고춧가루 한사발도요"
콸콸 두잔이면 소주 한병
고춧가루 한숟가락씩 넣고 휘이 저어
몇잔을 한입에 털어 넣었지
"이제 좀 살겠네"
돼지갈비는 한점도 안 먹고
빈 글라스 하나를 안주 삼아 뚝뚝 끊어
깨알처럼 잘근잘근 씹어 먹었지
"아, 맛있네"
쓰레기통 대짜 하나 옆에 끼고 웩웩
폭포처럼 게우고 나면 입가심으로
"자, 다시 한잔씩"

못난 놈들끼리 배포가 통했던가
어깨 걸고 밖으로 나오니 해 질 녘도 아닌데
접촉 불량 전구처럼 깜빡깜빡하던 하늘

마력 좋은 택시들은 줄행랑이고
지나가던 경운기 짐칸 볏짚에 올라타고
'오라이' 하니 파출소 정문 안이었지
'우리는 국민이 아닌 궁민이기에'
세멘밥이나 콩밥이나 거기서 거기
"이 새끼들 다 처넣어버려"
"처넣어봐 새끼들아"
또 한판 대판 푸닥거리하고는
오늘은 한심해 봐주는 '불쌍한 새끼들'이 되어
삐뽀삐뽀 타고 간신히
공사장으로 돌아온 날

'우리는 공동체이기 때문에'
영영 잊을 수 없는 그 얼굴들

* 주택 거실이나 방바닥 등을 시멘트와 모래의 혼합물로 평평하게
   마감하는 일.
** 건설 현장에는 지금도 일본어의 잔재가 남아 있다. 다단계 하청
   을 받아 일용노동자 몇명씩을 데리고 일하는 하청 사장이나 작
   업반장 격의 사람을 뜻한다.

놀자 놀자 신명 놀자
하애정의 도깨비굿에 부쳐

광화문에 박근혜 퇴진 캠핑촌이라는
누더기 마을 꾸리던 겨울
하루는 애정 선배가 헌 식기를 잔뜩 챙겨 왔어
솥뚜껑에 프라이팬 우그러진 양은 냄비를 들고
넝마처럼 대충 기운 뻘건 옷을 걸쳐 입으라 했지
박근혜라는 귀신을 쫓는 도깨비굿이라 했어
공동체에 깃든 삿된 망령을 쫓고
신성한 기운을 들이는 광장의 제의였지
1950년대 지구 반대쪽 칠레 여인들도
독재정권에 맞서 이런 식기들을 들고 나왔지
근래엔 미얀마 여성들이 식기를 들고
월경을 상징하는 붉은 천을 내걸며 군부에 맞섰지
다 찌그러진 생활이지만
때론 민중들의 조율되지 않은 시끄러운 소리들이
어떤 교훈의 말 어떤 유려한 식자들의 말보다
더 명징하고 힘이 셀 때가 있지
지배층에게는 불경스러운 광장의 소음과 소란이
부패와 부정과 타락으로 물든 세상을 전복하는
성스럽고 거룩한 투쟁이 되기도 하지

한번 두드릴 때마다

우리 마음의 두려움과 비겁과 옹졸함이 깨지고

한발 내디딜 때마다

시대의 모순과 악이 한발씩 뒷걸음질 치던

그 희한한 도깨비굿판의 만언니였던

하애정과 그의 벗들을 기억하지

우리는 그들을 따라

누구나 춤꾼이 될 수 있는 역사의 무대

누구나 제사장이 될 수 있는

변혁의 제단에 시대의 마당쇠들로 나섰지

그렇게 미친 듯 두드리고 풀어내고 북돋우다보면

수백만의 촛불이 켜지는 장엄한

민중 비나리의 세계가 펼쳐졌지

그렇게 그해 겨울 내내 우리 모두의

따뜻한 의복과 식기를 내주던 도깨비굿판을 잊을 수 없지

주말마다 광장으로 밤놀이 나가던

어릿광대들의 상기된 볼과 눈빛을 잊을 수 없지

우리는 언제라도 이 공동체에 샀된 기운과

전제의 망령이 다시 싹트려 할 때마다
그때 그 도깨비들이 되어
다시 그 광장으로 나설 테지
앞서서 나갈 만언니 애정 선배가
다시 기별을 주겠지

제 3 부

끝없이 배우는 일의 소중함

쌍용차 정리해고 반대 투쟁을 할 땐
앞장서 있거나 도드라져 보이는 한상균이나
김정우 이창근 김득중만 눈에 들어왔다
시간이 지나면서 그들도 그들이지만
문기주 고동민 김정욱 윤충열 김성진도
진짜 보배들이라는 것을 알게 되었다

콜트-콜텍 투쟁 때도 그러했다
이인근이나 방종운하고만 얘기하고
평조합원들과는 간단히 인사나 차리는 정도였다
긴 시간이 흐른 뒤 말 없는 김경봉이
말조차 더듬는 임재춘이
참 견결하고 소중한 이들이라는 것을 알았다

파인텍 때도 마찬가지다
십여년 차광호나 홍기탁하고만 말 섞어왔는데
운동의 운 자도 몰라요라며 빼던
김옥배와 조정기가 정말 값진 친구들이라는 것을
뒤늦게 알게 되었다

생각해보니 조명이 집중된 자리나
특출하고 빼어난 것들만 좇아 살아온
내 뒤안길이 모두 그렇게 가벼웠다
그러면서 알게 되었다
내가 얼마나 한심하고 저급한 인간인지를
내가 얼마나 알팍하고 얍삽한 인간인지를

채증 카메라에 올바로 대응하는 법

공권력에 대항하는 사람들은
한 사람도 빼지 말고 전부 채증해!

지금부터 진행되는 채증은 이후 처벌의 근거가 되니
선량한 시민분들은 즉시 이 자리를 벗어나시기 바랍니다

모자를 깊게 눌러쓰거나
마스크를 써보기도 하고
눈만 남긴 목플러를 써보기도 하지만
저 촘촘한 채증 카메라 눈을 피할 순 없어

저들의 차디찬 렌즈보다
더 많은 고화질 고해상도의 역사의 눈들이
이 현장을 녹화하고 있다고 믿으며
더 맹렬히 온몸을 들이미는 수밖에

노동자 변호사

민주노총 구석 자리 하나 얻어
노동법률원을 처음 열었을 때

노동자들이 와서
"법에 저촉되지 않고 싸울 수 있는 방법이 있을까요" 물
으면
이 사람은 제대로 싸울 수 없겠구나 했다
"합법적으로 이길 수 있는 방법이 없을까요" 물으면
노동자들이 법으로 싸워 이길 길은 없지요
솔직히 말해주었다

기존의 법을 뛰어넘어
새로운 법을 만들려고 싸울 때만이
비로소 노동자는 자유로워질 수 있다는
간명한 사실밖에
변호할 게 없었다 한다

약속 대련

경찰 차벽을 넘어가기 위해
2008년 촛불 집회 때는 명박산성* 앞에
압축 스티로폼을 쌓아보기도 했고
청계천 기계공구 상가를 돌며
굵은 동아줄과 쇠와이어를 구해
한대씩 묶어 끌어내보기도 했다

2011년 한진중공업 희망버스 때는
인근 건재상을 털어 모래주머니를 쌓아보기도 했고
그보다 훨씬 전인
2002년 이라크 파병 반대 국회 앞 투쟁에서는
닭장차 안으로 들어가 시동을 걸어보기도 했다
운전석 창문을 깨고
곤봉이 날아들었지만 피하지 않았다

어떻게 하면
저 차벽을 넘을 수 있을까
연행 결의자 백명을 조직하자고도 해봤고
2016년 촛불 항쟁 때는 차벽 창문마다

창살 안에 들어가 있는 박근혜 사진을 패러디해
소극적으로 붙여보기도 했다

그럴 때마다 궁금한 것은
왜 지도부는 저 미련한 차벽이 서기 전에
현명한 사람들로 하여금
사전에 그 너머로 들어가 있으라고
지시하지 않는가였다

* 촛불시위대가 광화문 네거리 이상으로 진출하지 못하도록 쳐두
  었던 경찰 차벽과 트랜스포머 등을 일컬어 '명박산성'이라 했다.
  차벽이 나온 건 김대중 정부 때가 처음이었다.

꿈꾸는 소리 하고 자빠졌네

한진중공업 희망버스 하면서는
한진 노동자들이 조남호 회장과 교섭할 때
자신들 정리해고 철회뿐만이 아니라
정규직에 앞서 우선 해고된 천오백여명의 비정규직과
조남호에 의해 필리핀 수빅조선소에 고용되어 있다는
비정규 노동자 이만여명의 권리를
교섭 의제로 삼아주었으면 했다
처지가 같은 노동자들끼리 함께 살기를 모색하는 것
그게 온당한 노동자들의 운동이어야 한다고 생각했다
꿈같은 소리 하지 말라 했다

정부의 노동3권 개악에 대항해
'을들의 국민투표' 운동을 할 때는
정부를 참칭해 대통령 선거 전국 투표소 수만큼
일만 사천개소의 노동자 시민 투표소를 조직해보자 했다
황당했는지 별반 얘기들이 없었다
벗들과 함께 삼천개소 넘게 만들어본 듯하다
그해 1차 민중총궐기 때 경찰 물대포에 맞아
백남기 농민이 뇌사상태에 빠지며

공안정국이 서지 않았다면 충분히 가능한 일이었다고
나는 아직도 반성하지 않고 있다

박근혜 퇴진 광화문 캠핑촌을 할 때 꿈은
2011년 세계 자본의 중심인 뉴욕 월가에서
1퍼센트의 금융자본주의에 맞선 99퍼센트의 저항운동을
외쳤던
주코티 공원 텐트촌을 상상하며
광화문 광장에서부터 청와대 앞 도로까지
분노한 사람들의 텐트로 덮어버리자는 것이었다
꿈같은 소리 하지 말라 했다
이 겨울에 누가 여름용 텐트를 짊어지고 나오냐
명백한 불법 농성을 박근혜가 가만두겠냐
하지만 나처럼 꿈꾸기와 전복을 좋아하는
소수의 벗들이 있어 배낭을 메고 나갈 수 있었다
야심 찼던 '퇴진 단지' 택지 분양에 실패하고
이순신 동상 아래에 세운
모델하우스 텐트촌에 만족해야 했지만
광장상설무대, 촛불기원탑, 광장극장 '블랙텐트'

궁핍현대미술광장, 광장신문, 광장토론회, 마을회관
마을진료소, 새마음애국퉤근혜자율청소봉사단 등을 둔
작은 코뮌은 만들어본 듯하다

그때마다 그러잖아도 바쁘고 일 많은데
꿈꾸는 소리 좀 그만하라는 질책과
비웃음을 듣곤 했지만
뭐 사는 게 별거 있는가
이제 와 무슨 권력이나 부나 명성 얻을 것도 없고
뒤늦게 철든 이들 따라 무슨 욕심 차리는 것도 추해
나는 계속 꿈꾸는 소리나 하다
저 거리에서 자빠지겠네

해산명령

너희는 참 많은 것을 가졌구나
짐승으로 돌변하는 용역깡패
사제 용병을 자처하는 경찰
알아서 보도 통제에 나서는 언론
헌법 유린 민주노조 파괴
'유시영을 구속하라' '정몽구를 구속하라'는 외침엔 귀
막고
노동자들에게만 형벌을 가하는 검찰과 법원
'국정조사 실시하라' '특검을 실시하라'
딴청만 부리는 국회의원들

1차 해산명령을 발한다
어떤 희대의 살인마 학살자도
너희만큼 많은 살상을 저지르지는 않았다
수많은 공유지를 사유지로 부당 점거하고
수많은 이들의 기회와 행복을
사금고 속에 부당 억류한 죄
이 모든 불법점거를 풀고 자진 해산하라
자진 해산하지 않을 시

노동자 민중의 무력으로 너희를 연행해
역사의 법정에 세울 수밖에 없다

2차 경고를 발한다
대한민국 헌법 제11조 2항
'사회적 특수계급의 제도는 인정되지 아니하며,
어떠한 형태로도 이를 창설할 수 없다'
그러나 너희는 재벌이라는
반사회적 특권 조직을 불법 결성하고
모든 사회적 가치와 기회를 독점하기 위해
언론 출판 결사 표현 교육의 원천까지
훼손 봉쇄하고 있다

마지막 3차 경고를 발한다
이 시간 이후로 진정한 민주주의에 도전하는 자는
그가 공권력이더라도
역사의 이름으로 이격 조치하고 체포하라
정의에 반하는 자들은
지위 고하를 막론하고 구속하라

세상의 원청은 진실이어야 하고
모든 이의 평등과 평화가 되어야 한다

…그렇게 울부짖다 연행되던
날들이 있었다

* 2016년 3월 17일 유성기업 한광호 조합원이 자결했다. 한광호는
2011년부터 진행된 민주노조 파괴 시나리오에 맞서 싸우다 다섯
차례에 걸친 고소 고발과 세번의 부당 징계와 수차례의 폭행을
당해왔다. 당시 이명박 정권과 원청인 현대차의 사주를 받아 일
했던 '창조컨설팅' 심종두 노무사와 유성기업 유시영 사장 등은
구속되기도 했지만, 현대차 원청과 정권의 부당노동행위의 진
실은 투명하게 밝혀지지 않았다. 2016년 9월 양재동 현대차 본사
앞에서 있었던 범국민추모대회에서 낭송한 시를 남겨둔다. 한광
호 열사는 죽어서도 차가운 냉동고에 갇혔다가 2017년 3월 4일,
353일 만에야 장례를 치를 수 있었다.

당신들만의 천국에서 우리는 내리겠다
전국노점상대회에 부쳐

수레 하나에 기대
쪽방이나 옥탑방이나 반지하방 한두칸에 기대
구명조끼 하나 없이 이 험난한 세상을 건너야 했던
우리 모두가 작은 세월호였다
거리 미관을 구실로
건물주 재산권 보호를 위해
외국인 눈에 비친 국가 체신을 위해
우리는 그간에도 쉴 없이
엎어지고 기울고 죽고 침몰해야 했다

이 세상에 딱 하나뿐인 구명정인
우리의 수레나 좌판이 단속반에 의해
오십도 육십도로 기울다 끝내 좌초될 때마다
우리의 가난한 셋집이 무거운 임대료에 눌리거나
재개발 포클레인 삽날에 찍혀
팔십도 백도로 기울다 끝내 난파할 때마다
에어포켓 하나 없는 삭막한 거리에서
우리의 숨 또한
천천히 멎어가야 했다

그런데 누가 지금도 우리에게
가만히만 있으라 하는가
이 거리가 안전할지 저 거리가 안전할지
이 자리가 온전할지 저 자리가 온전할지
더이상 작은 선택은 무의미하다
이미 세상은 기울었다 엎어져야 할 것은
일할수록 무거워져가는 우리의 빚수레가 아니라
소수의 독점과 안전만이 보장되는
이 세상의 불의다

그들을 누가 죽였지

그들을 누가 죽였지

생산성이 떨어진다고 창문 하나 없던
양계장보다 못한 외진 공장
절단 절곡 머신에 손가락 잘리고
쉴 수 없는 빼빠질 연마질에 지문이 닳아 없어지고
종일 기타줄을 당기고 피스를 박다가 근골격계 질환에 시
달리고
밀폐된 도장실에서 유기용제를 마시고
작업장 가득 뿌연 분진을 마시며
만성기관지염 환자가 되어야 했던 사람들
근로기준법과 노동조합의 '노' 자도 몰랐던
십년 이십년 기타만 만들던
세계 기타의 삼분의 일을 만들던
아이바네즈, 깁슨, 펜더, 마틴, 아발론, 세인트루이스…
그 모든 명품 기타를 만들던
예쁜 자개 문양을 달고
전세계로 나가는 기타들을 보며 흐뭇해하던

그들을 누가 죽였지

박○○지
천이백억대의 자산가
한국 부자 순위 120위의 떼부자 알부자 박○○지
노조가 있는 인천 콜트 공장이 싫어 대전에
통기타만 생산하는 콜텍을 별도로 만들었던 박○○지
더 값싼 노예를 찾아 1996년 인도네시아와
1999년 중국에 연간 백만대 생산 공장을 만들고
모든 주문을 해외로 빼돌린 후
'경영상의 위기'를 조작한 박○○지
2007년 4월 인천 콜트악기 노동자 56명 정리해고
같은 해 7월 대전 콜텍악기 67명 전원 정리해고
곧이어 두 공장 모두를 위장폐업한 박○○지
그후 십삼년간의 농성 분신 고공농성 단식에도
단 한번의 교섭에도 나오지 않던 스크루지 박○○지

또 누가 그들을 죽였지

대한민국 법원이지

정당한 해고라고 박○○의 손을 들어준 노동위원회

아무 일도 하지 않던 노동부 노동청

모든 저항을 봉쇄하던 경찰 공권력

경영상 위기로 인한 폐업이 맞다면서

뒤로는 세계일류상품 생산 기업으로 박○○를 선정해준

지식경제부지 나아가

"노동 부문의 선진화와 노동 생산성의 향상을 위하여 필
수적인 노동시장 유연화 확보 등을 위해서는 정리해고 요건
정립이 필요"*해

고등법원의 명백한 부당해고 판결을 뒤집고

"미래에 올 경영상의 위기만으로도 정리해고가 정당"하
다는

불법 재판 거래에 나선 대법원과 국가였지

지금도 사과와 명예 회복 진실규명에 나서지 않는 이 국
가지

단 한번도 박○○를 국정감사장에 불러주지 않던

대한민국 국회지

누가 그들과 함께 싸워가고 있지

연극으로 다큐로 글과 춤과 미술로
함께 싸워나가고 있는 우리지
기타는 결코 노동자들의 피와 땀을 쥐어짜는
수단이 되어서는 안 된다고
다국적 자본이 노동을 착취하려 한다면
이에 대한 노동의 투쟁 역시
다국적 차원에서 진행되어야 한다고 연대하는 우리지
노래가 노래를 배신하지 않아도 되는 세상
전쟁과 폭력과 차별이 없는 세상
독점과 소외가 없는 세상을
꿈꾸는 우리지

다시 한번 확인해야 돼
그들을 누가 죽였지

박○○지
오늘로 목 잘린 지 13년, 4439일째

임재춘 단식 17일째
이젠 다 함께 말해주어야 해
이젠 그들도 KTX 비정규직들처럼 쌍용차 해고자들처럼
파인텍 해고자들처럼 공장으로 돌아가야 한다고
이젠 그들도 정의를 바로잡고 명예를 회복하고
그리운 집으로 돌아갈 수 있어야 한다고
이젠 우리 모두가 함께 말해주어야 해

그들을 누가 죽였지
박○○지
또 그들을 누가 죽였지
대법원과 이 국가지
누가 책임져야 하지
박○○와 대법원과 이 국가지
누가 그 책임을 물어야 하지
우리 모두이지
사랑을 노래하는 기타는
평화와 평등 자유를 노래하는 기타는
차별과 폭력에 반대하는 기타는

삶과 노동을 착취하는 도구가 되어서는 안 된다고
소리 높여 외치는 우리 모두이지

* 2017년 밝혀진 대법원의 재판 거래 증거 문건 중에서 인용함.

** 콜텍 기타를 만들던 노동자들은 해고자로 13년을 거리에서 싸워
야 했다. 2019년 1월 끝장 투쟁을 결의하고 등촌동 본사 앞에 농
성장을 차렸다. 그들의 복직을 위한 콘서트 '라이브 에이드'가
3월 28일부터 '플랫폼창동61'에서 열렸다. 갤럭시 익스프레스,
허클베리핀, 킹스턴 루디스카, 잠비나이, 블루스 파워, 다브다,
김사월×김해원 등이 함께했다. '라이브 에이드'는 1985년 7월
에티오피아 난민들을 응원하기 위해 세계적인 음악인들이 영국
과 미국에서 연 연대 공연이었다. 이 공연을 위해 썼던 시를 남
겨둔다. 얼마 뒤인 2019년 4월 22일, 투쟁 4464일 만에 노사 합의
가 이루어졌다. 임재춘 조합원의 단식농성 43일차였다. 마지막
까지 남았던 김경봉 형, 이인근 벗, 그리고 십여년 동안 그들과
함께했던 수많은 동료 문화예술인들과 연대자들에게 경의를 표
한다.

'결'자해지

'결' 자가 들어가는 말들 속에서
참 오래 살아왔다는 뜻밖의 생각

항상 최대한 집결에
굳건한 단결이어야 했던 삶
책에서 배웠던 결정적인 순간은 오지 않고
끝없이 이어지는 투쟁에 마모되어가던 날들
자결한 수많은 이들의 영결식장에서
결연한 표정으로 추모시를 읽는 게
일상이기도 했지

매 순간 어떤 일인가를 결의하고
매번 또다른 결심과 결단 앞에 서야 했지
수없이 많은 결의문을 작성하며
공권력에 결박당하는 걸 두려워하지 않고
부당한 판결 받는 걸 당연하게 받아들여야 했지
경찰이 하품을 하며 토닥거리는 진술서가
검찰 기소장이 법원 판결문이 내 일기장이려니 하며
결사적으로 살려고 노력했지

그렇게 이마에 '결기' '견결'이라는 수줍은 빛을
부끄러운 줄도 모르고 걸고 다니던 청년 시절
모든 개량주의와 결탁하지 않고
이기적인 모든 것과 결별하는 게 운동이라고
동지의 바다 같은 장점보다 티끌 같은 오류와 허점
그 결격사유를 더 많이 찾던
얼치기 무결점 순결주의자

새로운 조직을 결성하곤
한반도에 결전의 시기가 십년 안에 온다고
그래서 선결과제는… 하며
무슨 메시아처럼 떠들던 한 친구는
그 십년이 지나 노무사 공부를 한다고 사라졌다가
폐병에 영양실조가 겹쳐 어느 셋집 골방에서
죽은 채 발견되기도 했지

염결성이라는 말을 특히 좋아했지
짜디짠 삶의 염분에 절여져
쉬 부패하지 않는 정신

삶의 앞자리보다 뒷자리가 정결하고
청결하기를 꿈꾸기도 했지 겸손하게
큰 흠결 없이만 살 수 있다면 했지
완벽한 해결이나 완결 따위는 없는 게 삶이어서
조금씩은 비어 있는 삶들을
존중하는 법도 조금씩은 알게 되었지
누구나 다 자신만의 결이 있어
그 무늬 따라 사는 거라는
당연한 존중과 인정에 이르는 것이
왜 그리 힘들었던지

음, 그러니까 오늘은
'결여'나 '결함', '결점'이나 '결핍' 같은
결손의 말들이
'결의'나 '결사', '결단'이나 '결전' 같은
꽉 채워진 말들보다
소중하게 느껴진다는 말을 하고 싶었나본데

이젠 그런 '결' 자들에서 벗어나

큰 의미 없이도 우리 모두를 살리는
'물결'이나 '바람결'이나
조용한 '숨결' 같은 것도 느껴보며
조금은 다른 삶의 결로도 살아보고 싶은
해 질 녘 우연한 그리움

노동자 예찬

사무실 이사 오고
일년 넘게 마음 한쪽이
빽빽하게 닫혀 있었다

화장실 철문이 심하게 빡빡해
힘주어 밀거나 당긴 후 열어야 했다
문이 잠겼네요 하는 이들이 많았고
나오질 못해 문이 잠겼어요 하며
외치는 소리를 들어야 했다

그러던 며칠 전 서울건설일용노조에서 오래 일하고
지금은 설비 일 다닌다는 이가 와서
요리조리 문 주위를 한 삼십초쯤 매의 눈이 되어 살핀 후
철문 오른쪽 위 끝부분에 드라이버를 끼우고는
딱 두번 힘껏 밀어 닫고 나니
일년 넘게 가슴에 체중처럼 얹혀 있던 빽빽함이 사라지고
육중한 철문이 자동문처럼 스르르 열리고 닫힌다

야호! 이런 기술자 한 사람 한 사람이 모여

자잘한 생활의 불편과 민원을 해결하며
우리 모두의 삶을 원만하게 하는 거겠지
하여 '노동자 예찬'이라는 이 시까지 한편 신나게 써보는데
덜컥, 다시 가슴 한편에 빽빽하게 차오르는 답답함은
틀어지거나 막힌 세상의 정곡으로 바로 다가서지 못하고
중언부언이나 잔뜩 늘어놓고 다니는
내 오랜 시 쓰기에 대한 부끄러움이다

잊지 못할 여섯번의 헹가래

축구 선수도 야구 선수도 아닌 내가
국가로부터 여섯번씩이나
헹가래를 받아보았으니 원 없다

"저 새끼, 연행해"

평택 미군기지 확장이전 반대 투쟁 때
전경 여덟명이 머리가 박처럼 깨진 나를 관처럼 올려 들고
대추리 논길을 쏜살같이 내달렸지
쿨렁이는 물침대 위에 누운 듯 황홀하던 순간
푸른 하늘을 떠가는 구름 같았지

"잡았다"

용산 철거민 학살 진상규명 투쟁 때
네번째 떴다방 가투 장소였던 당산역 뒷길
중무장한 체포조 여섯명이 나를 들고
독일 병정들처럼 절도 있게 뛰었지
컨베이어벨트에라도 올라탄 듯

부드러운 느낌이 좋았지
닭장차 문 앞에서 쫓아온 동지들과 경찰 간에
내 사지에 대한 소유권을 놓고 다툼이 벌어져
능지처참당하던 순간만 뺀다면

"……"

인기척도 없이 다가온 체포조가
보쌈하듯 나를 메고 기룡전자 문 안으로 쏜살같이 달려가
공장 안에서 대기 중이던 닭장차에 인계했지
이런 속전속결 전광석화의 헹가래가 있을 수 있다니
탄복했지 기습적으로 공장 앞에 망루를 쌓고
경찰과 구사대와 용역깡패들과 시위대가
회오리처럼 얽혀 싸우던 때 연행을 피해
격돌 현장 바깥에 있었지만 봐주지 않았지

"멈춰"

멈추라고 멈출 인간들이 아니었지

국회 한나라당 원내대표실 점거 이틀째
밤 열한시경 의사당 문이란 문이 모두 열리며
특공경찰과 국회경비대가 홍수처럼 쏟아져 들어왔지
내 발로 갈 테니 내려놓으라 했지만
고요한 산속의 메아리였지
숨겨둔 커터칼로 동맥을 그을까 말까 순간 고민하느라
색다른 행가래의 기분을 충분히 만끽할 수 없었지
국회 공무원노조원이라며 낮 동안
다정스레 말 붙이던 자가 호송차에 올라와
우리 머릿수를 점검하고 있었지

"제압해"

2014년 세월호 진상규명 추모 행진 후미를 따르다
보신각 사거리에서 청와대 방향으로 대오를 틀고
경찰과 몇시간째 대치하던 때
방송차 지붕에 올라 마이크를 들고 있던 나는
수십겹 경찰 벽에 둘러싸인 고립된 섬이었지
진압조가 올라와 밀쳐 던진 나를

아래에서 토스 받아 럭비 선수들처럼 뛰던 경찰들
이렇게 니들이 물불 안 가리고 뛰어들어야 했던 곳은
여기가 아니라 세월호였다고 악을 쓰던 밤
수중엔 유치장 가면 읽으려고 넣어 온
쌍용차 해고자 르포집『그의 슬픔과 기쁨』한권뿐이었지
연행 당시 갈비뼈에 금이 가는
신의 한수로 구속을 면했지

"이젠 나가시죠"

2015년 유성기업 한광호 열사 투쟁 때
다시 들어간 신한국당 원내대표실이었지
함께 들어가기로 했던 친구들이
국회 경위들에게 꼬리 잘려 혼자 들어갔지
혼자라도 기세등등 삿대질하며 한참을 싸우던 시간
표독스럽던 대표 비서가 어느 순간
비릿하게 웃으며 말했지
"당신 방금 내 몸에 손댔지, 성희롱이야"
"다들 봤지요"

"예, 봤습니다"

"이게 무슨 소리야, 당장 CCTV 확인해"

"없는데요"

국회 경위들이 비서를 따라서 비릿하게 웃고 있었지

아, 이렇게 정치라는 거짓이 조작되는구나

전의를 상실해 바람 빠진 풍선처럼

가벼워진 내 몸을 들기에

국회 경위 여섯은 너무 많았지

제 4 부

토대

사회운동 한 삼십년 쫓아다니다보니
이젠 조금 알겠다

노동자 민중 정치를 하겠다는 이들 중에도
나는 대장만 하고 싶어요 하는 이 많다

혁명을 이야기하며 권력을
수단이나 독점으로 사유하는 이
'나'나 '우리'가 주도하는 것이 아니면
아무리 옳아도 보이콧하는
종파주의 분열주의자도 정말 많다

그런 우리의 세세한 욕망과 편협함이
고루 챙겨지고 나서야 오는
혁명은 어떤 의미가 있을까

그러나 아직도 모르겠는 것이 있다
과실이나 결과를 탐하지 않고
불의와 폭력에 맞서다 이름 없이 스러지는

더 수많은 이들의 선한 의지는
도대체 어디서 발원하는지
도대체 알 수가 없다

가장 오래된 백신

코로나19로 국가봉쇄령이 내려진
인도 뉴델리 외곽
인력거꾼 아버지와 세 살던
열다섯 소녀 조티 쿠마리

정지된 세상 따라 인력거도 멈추고
교통사고로 다리마저 다쳐 누운 아버지
세를 내지 않으면 쫓아내겠다는 집주인
수중에 남은 돈은 한화로 삼만 삼천원

아빠, 고향으로 가자고
남은 돈 털어 분홍색 자전거 한대 사고 나니
수중에 남은 건 물 한병
그렇게 자전거 뒤에 걷지 못하는
아빠를 태우고 걸식을 하며
천이백 킬로미터를 쉬지 않고 달린 소녀

그 소녀와 사내에게
제 몫의 물 한병

밥 한공기 덜어준 이웃들이 함께 이룬
경이로운 삶의 여정
사랑과 연대라는 가장 오래된 백신

새로운 세계를 편집하라
한겨레 창간 30주년을 맞아

말이 대포보다 힘센 세상이
온다면 좋겠다 글이 돈보다
귀하고 값진 세상이 온다면
좋겠다 펄펄 살아 튀는 활자들이
모든 규제와 금기와 억압의 국경을 넘어
한판 와자지껄한 자유의 축제를 여는
아름다운 세상이 온다면 좋겠다

중립을 넘어 진실로 육박하는
객관을 넘어 해방으로 달려가는
하나의 권위보다 수많은 자율을 껴안는
진실을 기록하라
미래를 취재하라
새로운 윤리를 기획하고 평화와 평등
사랑과 연대의 정신을 편집하라

지면에서 거센 광야의 바람 소리가 들려오게
아직 오지 않은 세상을 교열하고 조판하는 신문
모두가 잠든 밤에 새로운 세상의 새벽을 찍어내는 윤전기

다른 세상을 디자인하는 용기
그 비릿한 허기와 열망과 고뇌
새로운 세상의 아침을 배달하는 가쁜 숨소리
망설임 없이 그 새로운 세계를 펼쳐라

평화의 소녀상을 세우며

지나간 역사를 세운 게 아니다
과거를 위로하고 추억하는
기념비를 세운 것도 아니다
제국의 옛 책임을 묻기 위해서
섣부른 민족주의를 우러르기 위해서도 아니다

우리는 현재에 대한 뼈아픈 성찰을
지금-여기에 세운다
끝나지 않은 전근대의
광기와 폭력에 맞서 평화의 전선을
평화의 결의를 지금-여기에 세운다

남북의 핵무장
또다른 제국으로 치닫는 중국
평화헌법 9조를 깨려는 일본
평화협정엔 아무런 관심도 없는 미국
사드 배치로 연일 긴장이 고조되는 동북아
그 최전선에 평화와 인권의
다급함과 긴급함을 쌓는다

무엇보다 우리 가슴에
우리의 모든 일상에
평화의 새로운 상을 세운다

여성혐오의 상징 강남역 10번 출구에
삼성전자 본사 앞 백혈병 소녀상 옆에
모든 자본과 가부장들의 폭력 앞에
아직도 이 땅에 존재하는 미군기지 앞 기지촌에
베트남 침전과 이라크 파병을 반성하며
이 땅에 다시 진정한 자주독립의 상을 세운다

모든 억압과 폭력과 차별의 폐지
전쟁과 군대와 무기가 없는 세상을 향해
우리 모두가 함께
다시 이 야만의 세계를 건너야 한다는
굳건한 약속을 세운다

조선의 여자, 주세죽

한국 근대의 파란과
세계사의 격랑 속을 살며
당신은 몇번이나 독립해야 했지

함경남도 함흥 고래 등 같은 집에서
일찍 독립해야 했지 상해 음악학교
절대음감이라던 예술가의 집에서 독립하고
한국 근대 최초의 여성해방론자로
모든 봉건적 관념과 질서와 예속
모든 제국의 지배로부터 독립해야 했지

네살배기 어린 자식과 생이별하고
상해로 서울로 블라디보스토크로
모스크바로 다시 상해로 혁명을 위해
어떤 국경과도 이별해야 했지
세계 인민의 모국 코민테른과 함께하며
때론 조국으로부터도 독립해야 했지

고려공산청년회, 조선공산당

조선여성해방동맹, 전조선민중운동자대회
항일 여성운동 단체 근우회 등과 함께하며
3·1 만세운동, 제1차 조선공산당 조직 사건
6·10 만세운동 등을 거쳤지 네번의 투옥과
오랜 유배지 생활을 견뎌야 했지

죽어서도 사회주의자라는 까닭으로
남에서 배척받고
미제 간첩 박헌영의 아내였다는 까닭으로
북에서 지워지고
일제 간첩이라는 누명으로 코민테른에서도
삭제되어야 했던

당신은 누구일까
'신여성 트로이카' '맑스걸' '조선의 여자'
'동방의 애인' '레이디 레닌' 등으로 불렸던
당신은 누구일까
오늘도 혁명가 전사로 호명되지 않고
조선 최고의 미인, 누군가의 아내

황색 로맨스나 스캔들로 소비되는
당신은 누구일까

조선 최고의 엘리트였다가
먼 이국의 유형지 사막에서 피혁공장 개찰원
협동농장 인부 방직공장 직공으로
강제노동을 하다 스러진 당신은 누구일까
조국으로부터도 혁명으로부터도 배반당한
당신은 누구일까

역사에서 지워진 것은 당신이 아니라
오늘도 반쪽짜리 조국에 살고 있는 우리 아닐까
여전한 가부장들과 자본의 제국 안에서
어떤 사상적 독립도 상상하지 못하며
창살 없는 감옥을 사는
우리 모두 아닐까

1989년 소련공산당은
당신과 당신의 두번째 남편으로 처형당했던 김단야의

일제 간첩 혐의가 누명이었음을 인정하고 명예를 회복시
켰다
  2007년 대한민국은 당신의 항일투쟁을 인정해
  건국훈장 애족장을 추서했다
  조선민주주의인민공화국에서는
  어떻게 되었는지 알 길이 없다

  손석춘의 소설『코레예바의 눈물』과
  조선희의 소설『세 여자』로
  긴 세월이 흘러 우리 곁으로 살아 돌아왔지만
  사랑과 혁명이라는 영원한 미로 속에서
  당신의 고독은 앞으로도 오래 지속될 것이며
  눈물은 마르지 않을 것이다

세상의 모든 밥집

서울 등촌동 콜트-콜텍 본사 앞
단식 31일차 임재춘 형을 천막에 홀로 남겨두고
근처 밥집을 순례한다

얼마 전엔 목동 로데오거리에
천막을 치곤 근처 밥집을 순례했지
75미터 굴뚝 고공농성이 세계 최장기 기네스북 기록을
하루하루 경신하고 있을 때
연대 단식에 돌입하곤
식당 차림표만 기웃거리며 다녔지

광화문 광장에서 노숙할 땐
세종문화회관 뒤편 밥집을 순례했고
쌍용차 해고자 대한문 분향소 투쟁 때는
주로 무교동 김치찌개집을 애용했던 기억
용산 철거민 참사 때는 시신 다섯구가 안치된
순천향병원 인근 이태원 밥집과
용산역 근처 밥집을 떠돌았지

다음엔 어떤 낯선 골목에서
한끼의 따뜻한 밥을 찾아 헤매게 될까
그땐 누가 죽고 누가 굶고 누가 다시
저 고공에 목숨을 걸고 있을까
내 양심의 호주머니엔 얼마어치의 예의가 남아 있을까
내 눈가엔 몇숟가락의 눈물이 남아 있을까
어떤 고봉밥 같은 세상을
다시 찾아 헤매고 있을까

고공은 따로 있지 않다

용산로4가 남일당 옥상에 망루 짓고 올랐다가
하루 만에 시신이 되어 내려와야 했던
철거민들의 불타는 고공도 있었고
벗이 목을 매단 85호 크레인에 올라 309일을 버텨야 했던
한진중공업 김진숙의 눈물겨운 고공도 있었지

교각 아래 제비집 같은 막사를 짓고 끌려갈까봐
151일 동안 잠잘 때도 목에 줄 걸고 살던
유성기업 홍종인의 위험한 고공
고3 딸을 혼자 두고 두번째 하늘길로 오른
거제 대우조선해양 비정규직 강병재의 서러운 고공
전주택시 해고자 김재주의 딸은 알고
어머니는 모르는 숨은 고공도 있었지

그러나 지상의 날들 역시
깎아지른 고공과 다르지 않아
어려서부터 강박에 쫓겨 잔업 철야로
학습 노동을 수행하는 청소년들의 고공
고독사가 다반사인 노령의 삶까지

아찔하지 않은 삶이 어디 있는가
나날이 고군분투 아닌 삶이
나날이 농성과 투쟁 아닌 삶이 어디 있는가

물론 다른 고공도 있지
조물주보다 건물주라는 지대 수익자들의 든든한 고공
매년 고공 행진인 금값 땅값
천정부지로 치솟는 주식 코인 채권
서민 가계부채가 1500조로 느는 동안
사내유보금 1100조 시대를 나는 재벌들의 신나는 고공
안전한 권력의 상층에서 무한히 기름진 특권들의 호화로
운 고공
그 특권에 충성하며 부스러기만 먹고도 배부른
영민한 부역자들의 짭짤한 고공

이 위험한 고공에서
우리 이제 그만 내려와야 하지 않겠는가
누구를 위해서가 아니라
우리 모두의 안전한 삶을 위해서 말이다

영풍문고 앞 전봉준씨에게

124년 만의 세상 나들이인가요
앉으면 죽산(竹山) 서면 백산(白山)
갑오년 동지들은 모두 어디로 가고
혼자 와서 섭섭하겠군요
종일 자동차가 지나다니고
발밑으로 지하철이 지나다니는
종로 네거리가 어리둥절하겠군요
종일 앉아 있어도 눈길 한번 주지 않고
휴대폰이나 보며 지나가는 사람들이 야속하겠군요

하고 싶은 이야기가 있나요
당신의 사후가 궁금하시나요
음… 그러니까 당신은 지금 앉아 있는 감옥 자리에서
재판정으로 끌려갔다 온 다음 날
일본 헌병들에게 교수형을 당했죠 당신이
어디에 묻혀 있는지는 아직도 아무도 모르죠
사람들은 내내 '새야 새야 파랑새야
녹두밭에 앉지 마라 녹두꽃이 떨어지면'
우리 가슴에도 피눈물이 흐른다며

녹두장군, 당신을 잊지 못했죠
청일전쟁에 이기고 조선왕조를 밟고
갑오농민군마저 물리친 일본군의
오랜 식민 지배가 있었죠
척양척왜 제세구민 보국안민의 길은
그후로도 참 어둡고 길었죠

식민 지배 35년 이후
다시 신탁통치 3년 한국전쟁 3년
군부독재 30년 휴전협정 70년
휴, 그 긴 암흑과 야만의 시절을
어찌 다 말하겠어요 당신의 소망이던
'인내천(人乃天)', 사람이 곧 하늘은 아니지만
모든 인민이 법 앞에 평등하다는 근대국가는 세웠죠
하지만 허울뿐, 조병갑만큼이나 악독한
탐관오리와 부호들은 여전히 엄징되지 않았죠
왜(倭)와 미(美)에 부역한 자들 역시 엄징되기는커녕
호의호식 권문세가로 떵떵거리며 살죠
유림과 양반들 역시 징벌되기는커녕

여전히 곡학아세하는 지식인 전문가가 되어
나라 곳간 주변을 살찐 쥐처럼 어슬렁거리며
자자손손 번성하며 살죠 불쌍한 건
여전히 가난한 우리들뿐이죠

경자유전요 꿈같은 소리죠
토지는 여전히 분작되지 않죠
천석꾼 만석꾼도 이젠 명함 내밀기 힘들죠
전체 인구 4871만명 중 70.3퍼센트인
3475만명이 단 한평의 땅도 갖지 못하죠
상위 1퍼센트가 전체 사유지의 56퍼센트
상위 5퍼센트가 82.7퍼센트를 소유하고 있죠
시중에 금괴는 없어서 못 사고
몇년 사이 뛴 땅값만 2000조라더군요
여전히 불쌍한 건 가진 것 없는 우리들뿐이죠
노비문서는 불태워졌냐고요 그럼 뭐 하나요
근로계약서라는 신종 문서에 묶인
개돼지 노동자가 2200만명이군요
계약서라도 쓸 수 있으면 다행

2년마다 잘려 새 주인 찾아다녀야 하는
비정규직 특수고용직이 1100만명이군요
여전히 '칠반천인(七班賤人)'으로
차별받는 이가 수두룩한 계급사회죠

안색이 안 좋군요
124년 만에 돌아오셨는데
좋은 얘길 못 해줘 미안하군요
그러나 그게 사실인 걸 어떡하나요
목마른가요 몽둥이에 맞아 꺾인 다리가
아직도 아픈가요 안티프라민이라도 하나 사다드릴까요
여긴 물도 사 먹어야 하는 곳이죠
여전히 돈이 최고인 세상이죠
화난 거냐고요 아니에요
나도 생계에 목매어 누군가를 찾아 나온 길이었죠
길 건너 낙원상가 뒤편 싼 국밥집에서
밥 한덩이 꾹꾹 눌러 담고
낮술 한병 걸쳤더니 늦여름 햇살이 따갑군요

당신 옆에 이렇게 쪼그리고 앉아
혼자 중얼거리고 있자니
심심하군요 무슨 말이라도 좀 해보세요
몇년만 일찍 오지 그랬나요
잠시 이 거리가 갑오년 황토현처럼
인민들의 함성으로 붐비던 때가 있었죠
현대판 여왕이 되려 했던
한 얼간이를 쫓아내려 나왔죠
저희들만의 궁정에서 새로운 독재 권력을 꿈꾸던
고관대작들과 정경유착 독점재벌들을
몰아내려 나왔죠 온갖 특권과 부정과 부패의 사슬을
끊어내려 나왔죠 124년 전 당신의 농민군은
일본군을 앞세운 조정군에게 우금치 나루에서
모두 살육당했지만 2016년 촛불시민군의
거대한 들불은 그 누구도 막을 수가 없었죠
군대는 다시 인민을 향한 쿠데타를 준비했지만
거리로 쏟아진 1700만의 빛과 함성에 놀라
작성해둔 계엄포고문만 만지작거렸죠
전국의 농민들이 '전봉준투쟁단' 깃발 아래

트랙터와 소를 몰고 올라와 장관이었죠
그때 당신이 이곳에 있었다면
이렇게 외롭지만은 않았을 터인데, 아쉽네요

그러나 이젠 모두 지난 일
촛불혁명이 요구한 폐정개혁 100대 과제는
다시 저들의 또다른 패권과
내로남불의 기득권과 특권
나태와 모멸과 협잡과 직무유기 속에 빠져
형체도 없군요
태정태세문단세 예성연중인명선…
'문민정부' '국민의정부' '참여정부' '촛불정부'…
왕조명만 바뀌고 사회는 바뀌지 않는군요
사색당파는 끊이지 않고 계급사회는 여전하군요
빌어먹을, 다시 죽 쒀서 개 줬군요
다른 꿈을 꾼다는 건 여전히
뼛속 바닥까지 쓸쓸하고
외로운 일이군요

나도 이젠 그만 가봐야겠어요
갈 곳이나 가고 싶은 곳이 있는 건 아니지만
아직 새파랗게 젊은 놈이 대낮부터 술에나 절어 있는 건
생산적 복지와 근로의 의무만이 선의 전부인
이 땅에선 아무래도 부끄러운 일이어서요
그래요 힘들더라도 꿈은 잃지 않을게요
124년 만에 당신이
자신의 목을 베어 피를 뿌려달라 했던
이곳 종로 네거리로 다시 돌아오듯
되돌아오는 역사가 다시 있을 거라
믿어볼게요

그리웠었는데 만나서 반가웠어요
당신이라도 만나 주절거리다보니 기운이 나는군요
앞으로도 긴 세월
사람들이 당신을 무심히 지나쳐 가더라도
가로수 잎들이 또 무심히 피었다 지고
모두가 돌아간 밤길
비나 눈 내리는 어두운 새벽이더라도

너무 외로워하지 말길 바라요
어쩌면 역사는 나이테 한줄도 남기지 않고
쉼 없이 흘러가는 저 한강 물처럼 유구한 것
다시 만날 때는 이렇게 혼자 돌아와 앉아 있지 말고
갑오년 곰나루에 이름 없이 펄럭이던
그 많던 벗들과 함께 오시길 바라요
당신은 그들과 함께 서 있을 때 빛나요

정말 갈게요 늦기 전에 무슨 일자리라도
찾아봐야죠 언젠간 나도
당신 곁에 가만히 앉아 있어야 할 날이 오겠죠
무명 베옷이면 그만
근사하게 청동옷 같은 걸 입고 있지 않아도
괜찮겠죠

새로운 인류애로 다시 서로를 무장하라
제9회 맑스코뮤날레에 함께하며

현실사회주의는 대부분 깃발을 내리고
자본주의만 만국으로 단결하며
돈과 상품과 무한 경쟁의 유령만이
모든 세계인의 일상을 지배하는 새로운 제국의 시대에
맑스와 엥겔스를 레닌과 로자를
기억한다는 건 외로운 일이지
개발과 기술과 생산력의 신화에 기대지 않는 녹색
가부장세계의 모든 권력을 해체 전복하는 보라를
상상한다는 건 힘겹지만 벅찬 일이지
그 모든 억눌린 자 배제된 시공간
소외된 넋들의 연대를 모아 자본의 외부를 꿈꾼다는 건
소유와 정복과 지배와 권력의 이후를 꿈꾼다는 건
참 어려운 일이지
참 목마른 일이지

그러나 과거의 채찍과 바리케이드가
법과 제도와 관행이라는 평상복을 입고
과거의 쇠사슬이 신용과 네트워크로 번역되고
여전한 제국의 군대가 평화를 위한 자위력으로 이야기되고

국가가 공공이니 법치니 대리니 민주주의니 하는
여전한 중립의 가면을 쓰고
합법적으로 수탈한 공공자산을 자본에게 헌납하며
모든 저항을 공권력으로 제압하는 동안
비정규 노예노동이 유연한 노동으로
오래된 그림자노동이 여전한 모성의 위대함으로 치장되
는 동안
하물며 새의 한숨 소리와 꽃의 떨림에까지 가격이 매겨지
는 동안
자본가 여덟명이 전세계 재화의 절반을 독점하는
모순은 해결되었는가
모든 생태 여성 노동자 민중 장애인 소수자 도시빈민 들의
권리는 향상되었는가
소수의 무한한 독점과 자유를 위해 대다수 인류가
존엄한 생명의 기회를 빼앗기고
훼손당하고 짓밟히고 착취당하는
이 세계는 과연 정의로운가

질문조차 봉쇄당하면

상상조차 금지당하면
엄연히 현존하는 모순과 야만에 저항하는
용기마저 빼앗기고 나면
이후 세계에 대한 확고한 지침이
설계도가 그림이 안 보인다고
모두가 가상의 현실과
불의와 허위의 손을 들어주고 나면
도대체 우리에겐 무엇이 남을 것인가

그러나 또다시 누군가가
오늘의 폭력에 투항하고 훼절한다 해도
모순에 억압받는 거대한 지층이 있는 한
저항은 끊이지 않을 것이니
모든 왜곡과 폭력이 있는 곳에
피눈물의 증오 역시 살아 있을 것이니
다수의 꿈틀거림과 분노는
멈추지 않을 것이니

사유지가 아닌 공유지를

전쟁이 아닌 평화를
정복과 수탈의 대상이 아닌 유기적 자연을
지배와 차별과 소유가 아닌 사랑의 관계를
경쟁이 아닌 협업과 협동을
대리가 아닌 자율을
각인의 자유로운 발전이
만인의 자유로운 발전의 조건이 되는 사회를 향해
오늘 다시 도약하고 나아가는
사람들의 행진은 끊이지 않을 것이니
존재하는 모든 선한 것들의 존엄과
평화와 평등을 꿈꾸는 일은
결코 꺾이지 않을 것이니

작은 차이를 넘어 작은 정파를 넘어
작은 두려움과 잇속을 넘어
작은 부문과 분별을 넘어 국경을 넘어
새로운 인류애로 다시 서로를 무장하라
과거와 소통하고 지금-여기에서
미래와 굳건히 연대하라

돼지열병

2019년 9월 17일 파주의 한 양돈농장
폐사한 어미 돼지 다섯마리에서
아프리카돼지열병 양성 판정이 나왔다
다음 날엔 연천군 백학면에서 두번째 발병이 확인되었다
연이어 김포 통진읍과 인천 강화 문산에서도
확진 판정이 나왔다

한달 사이 선제적 방역을 포함
연천군에서만 16만 4281마리의 돼지가 살처분되었다
강화군에선 군내 3만 8001마리가 도살 매몰되었다
파주에선 4만 8000마리였다
김포의 모든 돼지들도 수매 도축당했다
처음엔 확진 판정이 난 곳에서 500미터 이내였던 게
3킬로미터 반경 내 예방적 살처분
다시 10킬로미터 이내 살처분으로 늘었다가
의심 지역 전체로 확대되었다

매개체로 지목당한 야생 멧돼지들도 포획당했다
충청북도에서만 3567마리가 살육되었다

엽사들은 잡은 멧돼지의 73퍼센트를
소각 매몰 고온멸균 처리하지 않고 자가소비했다
상수도원인 임진강의 한 지류는
살육당한 돼지 핏물로 그득 차 취수가 중단되었다

국회에서는 국회의장과 각 당 대표
경기도지사 등이 모여 돼지탈을 쓰고
화기애애한 '우리 한돈 사랑 캠페인'을 벌였다
사람에겐 전염 안 되니
돼지고기 소비 촉진에 나서자고 했다
청와대에서도 대통령과 5당 대표가 모여
돼지갈비를 구워 먹으며 소비 촉진에 나섰다
강원도지사와 도의회의장 등도 돼지탈을 쓰고
인근 음식점에서 삼겹살로 오찬을 나눴다

비슷한 시간 한국 증권가에선
정부의 첫 확진 발표와 더불어
박수익, 대박 등의 환성이 터지며
돼지열병 테마주 찌라시들이 돌았다

중국과 북한에 이어 돼지열병이 한국으로 빨리 건너오기를

학수고대하던 투기자본들이었다

우선 돼지고기 3개사, 대체육 3개사, 동물의약품 9개사

사료 8개사, 방역 1개사 등 24개 종목이 급등했다

하루 새 239억원을 불린 회사도 있었다

차례로 방제용 생석회 회사를 띄우고

매몰지 침출수 대항주로는 상하수도 배관업체를 띄웠다

돼지열병 테마주의 하나였던

닭고기 브랜드 마니커의 최대 주주 이지바이오는

고점인 이틀간 981만주의 주식을 처분해

151억원을 현금화했다 2대 주주인 씨제이제일제당도

주식 전량을 팔아 198억원을 회수하며

단기간에 41퍼센트의 고수익을 창출했다 자동차 바퀴 축

을 만드는 체시스는

계열사가 동물의약품을 생산한다는 까닭만으로 테마주

로 가공되어

돼지열병 전 시가총액의 2.8배인 1150억원까지 자산을 불

렸다

그들은 천재지변이나
사회적 참사에도 예외 없이 베팅했다
포항 지진 발생 5분 만에 내진설계 종목을 띄웠고
월성 원전의 지진 감지 경보 발생 때는
신재생에너지 탈원전 관련주를 띄웠다
강원도 고성에서 초대형 산불이 났을 때는
화재 감지 시스템 개발업체 주식을 띄웠다
세월호 참사 때는 안전 관련주가
인양이 논의되던 시점엔 선박 인양 관련주가 테마였다
테마주들은 바이러스처럼 창궐했다가
금세 사그라졌다 그 시간의 고점에서
누군가는 비명에 스러져갈 때 어떤 이들의 먹튀통장엔
천문학적인 단기수익이 빼곡히 들어찼다
영세한 축산농가들은 도산 후
대기업의 공장형 축산 대행 농가로 전락했다

이 땅
모든 개돼지들의 처지가
위와 같다

없는 이들은 전셋집이나 월세방에서

네댓 식구가 함께 살다

빈곤이라는 치명적인 바이러스에 감염되어 함께 죽는다

위생 시설 없는 현장에서 다닥다닥 붙어 일하고

때로는 원인을 알 수 없는 유기용제 중독으로 죽어간다

경기 침체 바이러스가 퍼지면 선제적 방역 조치

구조조정이라는 미명하에 통째로 잘리거나 쫓겨난다

해마다 2400명의 노동자가 산재로 죽어가고

그들 대부분이 비정규직이지만

저임금 장시간 노동이라는 사회적 바이러스

고용 유연화 위험의 외주화라는 치사율 100퍼센트의

백신 없는 바이러스를 퍼뜨린 주범들은

단 한개의 개체도 포획되거나 고온멸균 처리되지 않았다

그들 역시 때가 되면 선량이라는 탈을 쓰고

청와대나 정부 부처나 국회나 지자체를 쫓아다니며

더이상 개돼지들을 죽이지 말자는

일자리 보존과 창출의 쇼를 부리곤 한다

동물이 사육당하는 것처럼
인간 개체 대부분도 사육당한다
원산지와 육질과 형질에 따라 가격이 따로 매겨지는
그의 몸도 영혼도
일부 식인들에게 뜯기고 먹힌다
고온멸균처리실로 끌고 갈 필요도 없이
스스로 삶을 살처분하는 이들의 묘지가 차고 넘친다
온난화를 부추기고 생태계를 교란 파괴하며
수많은 신종 바이러스의 출현을 배양하는
주범들은 언제나 안전하고 모든 위험과 책임은
개돼지들에게 전가된다

어떻게 연대해야 할까
축산과 축적의 대상물인
이 땅의 모든 개돼지들은
서로가 서로를 뜯어먹지 않고
서로가 서로의 비참과 오물을 집어삼키지 않으며
어떻게 자유롭고 평온한 생명으로
존엄한 생명으로 다시 태어날 수 있을까

제 5 부

가는 길 험난하여도
전국민족민주유가족협의회 30주년을 기억하며

생겨선 안 되는 모임
만나지 말았어야 할 인연들이었다
더이상 회원이 늘면 안 되는 단체
'한울삶'*은 빨리 없어져야 할 슬픔의 집이었다

푸르른 얼굴의 영정 하나씩을 들고
눈 붓고 넋 풀린 이들이
떨어진 낙엽처럼 한잎 두잎 모였다
모이지라도 않으면 견딜 수 없던 세월

고문이라고 했다 구타였다고 했다 거꾸로 매달았다고 했다
전기로 지졌다고 했다 물을 먹였다고 했다 곤봉이었다고 했
다 쇠파이프였다고 했다 최루탄이었다고 했다 군홧발이었
다고 했다 소화기였다고 했다 투신이라고 했다 분신이라고
했다 할복이라고 했다 음독이라고 했다 스스로 목을 맸다고
했다 실족사였다고 했다 과실 총기 사고라고 했다 실종이라
고 했다 의문사라고 했다

죽은 자는 있는데

죽인 자는 없었다
사라진 자는 있는데
감춘 자는 나타나지 않았다

사인만을 밝히라는 길이 아니었다 명예 회복 보상만을 바라
는 길도 아니었다 내 딸이, 아들이, 형이, 동생이, 남편이, 아
내가, 아버지가 염원했던 통일 조국을 내놓으라는 길이었다
압제의 철조망을 걷고 자본의 독점을 해체하고 노동자 민중
이 주인 되는 참 민주주의를 내놓으라는 길이었다 국가보안
법 철폐, 노동3권 보장, 언론 출판 결사 표현 사상의 자유를
보장하라는 길이었다

네가 못다 간 길
당신이 못다 걸은 길을
내가 이어 다시 걷겠다는 길이었다
너를 따라 이 에미가 이 아비가
다시 연행되고 감옥 가기를
두려워하지 않겠다는 투쟁의 길이었다

그렇게 독재와 독점과 싸워온 삼십년
망각과 통한과 싸워온 삼십년
왜곡과 외면과 싸워온 삼십년
더이상 죽이지 말라고 싸워온 삼십년
더이상 죽지 말자고 싸워온 삼십년

아직도 두 눈에 너의 얼굴
당신 얼굴이 선해
멈출 수 없다 한다
아직도 이 땅에 불의가 많아
멈출 수 없다 한다

* 유가협 사무실 현판 이름.

소년 정광훈

5주기 추모제를 맞아

밤별처럼 눈이 초롱초롱한 소년
자연과 세상에 대한 호기심이
은하수처럼 많던 소년

음악과 공업이 좋아 전파사를 하며
미지의 세상을 향해 주파수를 맞추던 청년
교회 청년부와 YMCA와 크리스천아카데미를 거치며
차돌처럼 단단해져가던 청년

몰봉 김남주와 해남농민회를 꾸리던 청년
5·18 광주 도청을 향하던 청년
한동안 지명수배자로 숨어 다녀야 했던 청년
전국농민회총연맹을 꾸리던 장년
전국 농민들 집과 아스팔트와 감옥이
학교이고 집이었던 투사

DOWN, DOWN WTO!
DOWN, DOWN FTA!
DOWN, DOWN USA!

멕시코 칸쿤으로 홍콩으로
반신자유주의 투쟁의 밀짚전사로
노·농·빈이 중심이 되는 전국민중연대 건설로
거침없이 나아가던 민중전사

그는 농투성이처럼 쉬운 말로
세상의 허위와 사람됨의 이치를 꿰뚫었고
그의 투쟁은 꼭 필요한 일에
일 밀리의 오차도 없이 결합되어 있었지
일과 후에는 동지들에게 사랑의 편지 쓰기
쉬는 시간엔 늘 학습하며
자신의 삶과 사상의 대지를 기름지게 했지

그는 그 모든 전사의 길에
아무것도 남기지 않았지
그는 세상에 대한 무한한 호기심과
불의에 대한 꺼지지 않는 적개심과
진실을 향한 가시밭 여정만을
자신의 영예로 삼았지

그 소년은 그 청년은
그 투사는 그 전사는
오늘도 우리들 가슴속에 살아 있지
영원한 민족민중해방전선의 의장님으로 살아 있지
이 땅 모든 불의 앞에
전세계 인민해방의 염원 앞에
그는 여전히 해맑은 소년으로 살아 있지
눈물겨운 투쟁의 세월로 오래 절여져
긴 역사 앞에서도 쉬이 허물어지거나
부패하지 않지

다른 세계를 상상하라
삼성반도체 백혈병 희생자 황유미님 11주기 추모제에

삼성이라는 또다른 제국 앞에서
반도체라는 눈먼 집중과 맹목 앞에서
새하얀 클린룸이라는 이데올로기 앞에서

번호 1번 황유미
꺾여버린 스물세살의 봄
…번호 3번 황민웅
짓밟혀버린 서른한살의 여름
…번호 80번 이혜정
짓이겨져버린 마흔살의 가을
그렇게 쌓인 118번의 죽음이라는
차디찬 겨울을 생각해본다

이 불의한 세상은
어떻게 세정해야 할까
어떤 방진복을 입어야
우리의 삶은 안전할 수 있을까
어떤 화공약품으로 닦아야
자본이라는 이 더러운 기생균이

위험한 바이러스가 우리의 몸에서 떨어질까
몇번을 더 삭발하고 굶고 점거하고
절하고 끌려가고 올라가야
11년, 882일의 농성이 끝이 날까

모두의 꿈과 기회와 노동을 빼앗아 쌓아올린 저 왕국
수많은 이들의 뇌와 폐와 뼈와 신경을 빼앗아 쌓아올린
저 마천루
우리 모두의 인권과 권리를 빼앗아 쌓아올린 저 권력
그러나 끝내 무너져내릴 저 허상
저 위선

황유미가 돌아온다
전세계 반도체 노동자들의 슬픈 상징이 된
황유미가 다시 돌아온다
다시는 짓밟히지 않는 꿈으로
다시는 유린당하지 않는 분노로
보라, 다시 시대의 봄이 돌아온다

* 2007년 삼성전자 기흥 공장에서 일하다 스물세살의 나이에 급성골수성백혈병으로 사망한 고 황유미님 11주기 추모제 때인 2018년 3월 6일 쓰였던 시다. 서초동 삼성 본관 앞에 피해자들과 '반올림'(반도체 노동자의 건강과 인권지킴이) 활동가들이 882일째 거리농성을 하고 있던 날이었다. 2008년 황유미님 1주기 추모시를 쓰면서 시작했으니 그와 인연도 참 길다.

황유미님 죽음을 계기로 시작된 진상규명 투쟁 과정에서 2018년 당시까지만 삼성 계열사에서 일하다 백혈병, 재생불량성빈혈, 다발성경화증, 림프종 등 각종 희귀질환 직업병을 앓았다는 피해 제보자만 320명이 확인되었다. 그중 118명이 희귀질환으로 사망했다. 하지만 끝내 삼성은 진상규명에 협조하지 않으며 자신들의 잘못을 인정하지 않았다. 황유미님 아버지 황상기 선생을 비롯한 피해자와 가족들이 '반올림' 등과 함께 '삼성 클린룸'의 실상을 낱낱이 폭로하며 12년에 이르는 험난한 진상규명 투쟁을 이어가야 했다. 그 긴 싸움이 영화 「또 하나의 약속」과 만화 『먼지 없는 방』 등으로 만들어지기도 했다.

삼성반도체 희생자들을 추모하던 나의 여러 추모시도 11주기로 끝이 났다. 이 시를 읽었던 2018년 11월 이재용의 국정농단 사건 재판과 박근혜 정부 당시 삼성전자서비스 비정규직 노조 와해 사건에 대한 검찰 수사 등으로 궁지에 몰린 삼성의 요청에 의해 재개된 협상에서 사과와 보상, 재발방지책에 대한 최종 합의가 이루어졌다. 황상기 선생은 합의서에 서명하며 "돈 없고 힘없고 가난한 노동자들이 작업현장에서 화학약품에 의해 병들고 죽어갔다"며 울먹였다. 정부에 대해서도 "삼성 직업병 문제에 대해 지금까지 무엇을 했는지 묻고 싶다"라면서 "삼성 노동자들이 각종 화학약품으로 병들고 죽어갔는데, 근로감독이나 처벌을 제대로 했느냐… 기업이 아무리 잘못해도, 노동자들이 죽어도, 정부는 '기업하기 좋은 나라'를 만든다며 제대로 처벌하지 않았다"고 분노했다. 12년에 이르는 긴 투쟁은 전자, 화학섬유, 반도체 산업 전반에 영향을 끼쳤다. SK하이닉스, LG디스플레이 등에서는 2016년에 직업병 피해자들에 대한 포괄적인 보상제도 등을 선제적으로 도입했다. 스물세살의 황유미님은 그렇게 전세계 반도체 공장, 화학약품 사용 공장의 건강지킴이로 다시 태어났다.

황유미님 12주기 추도식은 12년 전 황유미님 유골이 외롭게 뿌려졌던 설악산 울산바위가 마주 보이는 신선대에서 열렸다. 추모제에는 삼성전자 LCD 공장에서 일하다 뇌종양에 걸려 여전히 투병 중인 한혜경씨 어머니 김시녀 선생과 청년비정규직 김용균씨 어머니 김미숙 선생, 그리고 일본 오사카 노동안전센터 소속 활동가 8명도 함께했다. 이윤보다 생명이 먼저인 세상을 향해 오늘도 어디에선가 싸우고 있는 모든 분들께 고맙다.

아무도 그 새벽을 떠나오지 않았다
용산 철거민 참사 희생자 7주기를 추모하며

진압이 끝난 후
검게 탄 시신에서 멀쩡한 라이터와 지갑들이 나왔지
죽인 자들이 재차 강제부검으로 시신을 훼손했지
죽은 자들은 하루아침에 과격분자가 되고
테러리스트가 되고 건설 브로커가 되었지
5조원의 개발이익이 저지른 살인극
이명박과 오세훈의 합작인 한강 르네상스
그 정치적 치적을 위한 번제물
민간을 향한 국가의 도심 테러극
용역깡패와 경찰과 구청의
전광석화 같은 합동작전이었지

생계를 위해 올라갔는데 생을 빼앗겼지
당연한 권리를 쫓아 올라갔는데 생명마저 도난당했지
마지막 희망을 안고 올라갔는데 잿더미밖에 안 남았지
쯧쯧, 사람들은 자신들이 불타 죽은 줄 몰랐어
불쌍해라, 사람들은 자신들의 권리가 철거당한 것을 몰랐어
어떡해요, 사람들은 자신들의 미래 역시 허물어진 것을
몰랐어

서울 전역만 백여곳에서 재개발 뉴타운 바이러스가 창궐
했지
　그 투기 허가를 내준 자가 대통령이 되어 있었지
　집값 땅값 전셋값이 고공 행진하는 동안
　가난한 자들은 삶의 지하, 권리의 변두리로
　끝없이 밀려났지 일을 할수록
　사람들은 더 빈곤해져갔어

　친구가 친구를
　이웃이 이웃을 불태워 죽였다고 했어
　아들이 아버지를 불태워 죽였다고 했어
　진압 책임자인 김석기는 일본 오사카 총영사로
　한국공항공사 사장으로 쉬지 않고 영전되었지
　생존 철거민들은 기나긴 옥살이를 해야 했지
　진실은 아직도 용산로4가 남일당 골목에
　폐허가 되어 버려져 있지
　제2의 용산이 다시 고공 철탑으로
　광고탑으로 망루로 올라가야 했지
　제3의 용산이 다시 불타 죽고

목매 죽고 수장당해야 했지
제4의 용산이 다시 짓밟히고 끌려갔지

우리는 아무도 그 새벽을 떠나오지 않았지
언제든 용산참사역에서 다시 내려야 한다는 걸 알고 있지
학살의 책임자들이 역사의 심판대에 세워질 때까지
새로운 역사의 집이 세워지는 그날까지
우리는 언제까지나 2009년 1월 20일 새벽
가난한 자들의 망루를 태우던
탐욕의 불길을 잊을 수 없지

* 2016년 1월 7주기를 맞아 마석 모란공원 묘역에서 읽었던 시다. 그해 겨울 촛불 항쟁에 나섰다. "학살의 책임자들" 중 몸통으로 지목했던 이명박 전 대통령은 실제 "역사의 심판대"에 세워져 2018년 3월 22일 구속되었다. 그러나 뇌물 수수와 배임, 횡령, 직권 남용 등 총 스무가지가 넘는 죄목에 용산 철거민 참사의 책임을 묻는 부분은 없었다. 촛불 항쟁으로 집권한 현 정부는 집권 초기 '경찰청 인권침해사건 진상조사위원회'를 구성했지만 '문화예술계 블랙리스트 진상규명위원회'나 '국정원 개혁위원회'처럼 어떤 법적 조사 권한도 없는 6개월짜리 한시적인 경찰청장의 자문기구에 불과했다. 결국 용산 참사의 투명한 진상규명은 이루어지지 않았고, 죽거나 구속당했던 철거민과 연대자들의 명예회복과 복권도 이루어지지 않았다. 정의를 바로 세우지 않는 역사는 반복된다. 한번은 비극으로, 한번은 희극으로. 2021년 4월 8일, 2009년 참사 당시 용산 재개발을 통한 '한강 르네상스' 사업을 진두지휘했던 서울시장으로 용산 철거민 학살의 중요 책임자였던 오세훈이 다시 압도적인 표차로 서울시장이 되는 기막힌 일이 벌어졌다.

세월호를 인양하라

세월호 참사 2주기 추모제에서

어디선가 지금도 문을 긁는 소리

두드리는 소리 외치는 소리 허우적이는 소리

오, 거대한 악마의 입이 사람들을 삼키는 소리

지금도 어느 창가에서 우릴 바라보는 차가운 얼굴들

살려줘요, 엄마 아빠

이 죽음의 선실에서 나가게 해줘요

일년이 지나도 올라오지 못하는 고통의 소리들

진실의 소리들

도대체 세월호는 어디에 가라앉아 있는가

세월호가 맹골수도에

침몰해 있다는 말도 이젠 거짓말

세월호는 이미 국정원 어느 분실 깊숙이 결박당해 있고

대통령의 사라진 일곱시간과 함께

청와대 지하 벙커에 은닉되어 있는 것 아닌가

감사원의 감사 기록

수만 페이지에 달하는 검찰과

법원의 공판 기록을 다 뒤져볼수록

오히려 더 흐릿해져가는

도대체 세월호는

어디에 가라앉아 있는 것인가

국민과 유가족들에게

국회의 고유 입법 권한엔 접근하지 말라는

의원 나리들의 엄포 아래

팔백조원 넘는 사내유보금을 두고도

사람들이 돈주머니를 열지 않으니

세월호를 빨리 잊으라는 재벌들의 압력 속에

근원은 파헤치지 않는

언론사들의 적당한 기사 아래

진단만 하고 뛰어들지는 않는

지식인들의 안전한 서재 아래

다시 가만히 있으라는 경찰의 노란 질서유지선 아래

우리 모두가 하나의 거대한 죽비가 되고

튼튼한 동아줄로 엮여

세월호의 진실을 인양하지 못하는

한국 사회운동의 무능함 아래

그렇게 가라앉아 있는 것은
세월호가 아니라
아직도 돌아오지 못한 저 아홉명의 실종자가 아니라
오늘도 끝 간 데 없이 가라앉는 유가족들의 슬픔의 심해
가 아니라
이 사회와 국가 전체가 아닌가
변한 것 하나 없이 어떤 미래도 희망도 없이
오늘도 우리 모두의 끊이지 않는 참사와 재난을 향해
눈먼 항로를 향해 가고 있는
이 탈선의 국가 아닌가

그런 나와 우리와 이 사회를 인양하지 않고
어떻게 세월호를 인양할 수 있을까
우리 모두의 비겁과 나태와 패배감을 인양하여
새로운 역사의 갑판 위로 뛰어오르지 않고
어떻게 세월호를 인양할 수 있을까
도대체 저 무책임하고 부도덕한
박근혜 선장과 그 선원들을 그냥 두고
어떻게 세월호를 인양할 수 있을까

세월호를 인양하라
우리 모두의 정당한 분노를 인양하라
우리 모두의 사랑을 인양하라
우리 모두의 존엄을 인양하라
기울어가는 묻혀져가는
이 시대의 진실을 인양하라
새로운 국가를
새로운 시대를
새로운 정의를 인양하라

* 2014년 4월 세월호 참사 당시에는 '국가란 무엇인가' '사회란 무
엇인가'라는 포괄적이고 근본적인 질문으로 시작했다가 그해 여
름을 지나며 진실규명을 위한 특별법 제정 요구로 집중되었다.
2주기에는 세월호 인양이 분노의 핵심 요구였다. 그 분노들이 모
여 촛불혁명을 이루었고, 박근혜도 감옥으로 보냈지만 세월호
침몰 원인은 지금도 투명하게 밝혀지지 않고 있다. 이윤이나 권
력의 안위보다 모든 이들의 생명과 안전한 삶이 우선이라는 질
문에 대한 답도 이루어지지 않았다. 아직도 우리는 세월호를 진
정으로 인양하지 못했다는 서글픈 생각 하나 놓아둔다.

밀알 하나
백남기 농민 1주기 추도식에 바쳐

긴 수배 생활 마치고 복학한 당신은
며칠 만인 1980년 5월 14일
'박정희 유신잔당 장례식' 상여를 앞세우고
한강다리를 건너고 있었다

1980년 5월 17일
계엄군이 교내로 진입해올 때 당신은 피하지 않았다
세번째 제적과 고문과 구속이
당신이 걸은 가시밭길 현대사였다

그로부터 삼십오년이 지난
2015년 11월 14일 민중총궐기 현장
'보성농민회' 조끼를 자랑스럽게 걸치고 있던 당신은
'박근혜 퇴진 상여'를 따라 춤을 추며
종로2가 경찰 차벽을 향해 나아가고 있었다
물대포가 당신을 정조준했지만
당신은 이번에도 피하지 않았다
박근혜는 죽은 당신의 시신마저 부검하겠다고
병원 영안실 앞까지 쳐들어왔다

2016년 겨울 내내
나는 당신의 손목을 잡고
박근혜 퇴진 행동 현장을 쏘다녔다
당신이 그날 차벽을 넘어가려 했던 청운동사무소 앞까지
당신의 마른 몸을 안고 가보기도 했다
당신의 이야기를 더 듣고 싶어
광화문 광장 이순신 동상 옆 코딱지만 한 작은 텐트 안에
당신을 함께 누이고 별빛처럼 초롱초롱한
당신의 말을 밤새 듣기도 했다

이십년 전 농민회에서 만든 혁대 버클을 차고
검정 고무신만 신고 다니던 소박한 사람
숱한 일을 하고도 내가 했다고 표현 안 하던 사람
도지사에 나가라 국회의원 선거에 나가라
아무리 이야기해도
농민이면 노동자면 족하다던 사람

전라도 끝자락 보성군 웅치면 부춘마을에

대문도 울타리도 없는 집

대나무숲이 고즈넉한 집

아직도 마루에서 당신을 기다리고 있다는

검정 고무신과 꽹과리에게 돌아가셔야죠

마당 한편에서 쉬고 있는 예초기에게 돌아가셔야죠

유기농 장독대로 다시 돌아가셔야죠

옆집 할머니 밭에 멧돼지가 다시 내려왔다는데 쫓으러 가
셔야죠

또 하루의 햇볕이 내리쬐는 아침

초록 밀밭으로 어서 밀짚모자 쓰고 나가셔야죠

다시 돌아와 아직도 남아 있는

'박근혜 잔당' 장례식을 치러야죠

박근혜와 김기춘과 우병우와 황교안을 길러온

저 수많은 박정희의 뿌리들을 뽑아내야지요

저 수많은 이재용의 끄나풀들을 가려내야죠

저 차벽만이 아니라 분단의 철책도 들어내야지요

자본의 폭력과 독점을 갈아엎어야지요

온갖 소외와 차별로 훼손된 이 모순의 땅을 개간해

평범하게 일하며 사는 모두가 주인이 되는
참된 세상을 일궈야지요

당신이 쓰러지고 나서야
아, 이런 고귀한 삶도 있구나를 알았죠
이렇게 욕심 없이 가식 없이
순박하고 정직한 삶도 있구나 알았죠
백두산과 백도라지와 백민주화*의 꿈을 알았죠
한알의 밀알이 어떻게 수만의 밀알로
다시 태어나는지를 알았죠
아직도 촛불은 꺼지지 않았죠
아직도 항쟁은 진행 중이죠
백남기라는 밀알은 영원히 죽지 않죠

* 백남기 농민은 자녀들의 이름 또한 허투루 짓지 않았다.

진상을 규명해야지요
고 김용균 청년비정규직 영결식에 드리는 시

진상을 규명해야지요
청년의 목은 어디에 뒹굴고 있었는지
찢어진 몸통은 어디에 버려져 있었는지
피는 몇됫박이 흘러 탄가루에 섞였는지

진상을 규명해야지요
왜 청년은 밥 한끼 먹을 틈도 없이 컵라면으로 때우며 종
종걸음을 해야 했는지
왜 청년은 2인 1조 매뉴얼을 따르지 않고 혼자 일해야 했
는지
스물여덟번의 작업환경 개선 요구는 누가 꿀꺽했는지

진상을 규명해야지요
랜턴 하나 지급받지 못한 어두운 막장에서
청년이 갈탄을 주워 담으며 생산한 전기는
누구의 밝음과 재력과 풍요만을 위해 쓰였는지

진상을 규명해야지요
몇년간 열두명이 죽어간 죽음의 발전소에 지급된

480억의 무재해보상금은 누가 어떻게 챙겼는지
왜 산재사고의 98퍼센트가 비정규 외주 노동자들 몫이어
야 했는지

진상을 규명해야지요
국가는 왜 공공부문 사영화를 밀어붙여왔는지
문재인 대통령의 공공부문 비정규직 제로 선언은
누가 제로로 만들어왔는지

진상을 규명해야지요
왜 국가와 의회가 앞장서 상시·지속업무마저 비정규직화
해왔는지
왜 국가와 의회가 앞장서 원청의 사용자성을 부정했는지
왜 국가와 의회가 앞장서 하청 노동자 중간착취를 용인해
왔는지

진상을 규명해야지요
누가 다시 그런 현장에서 뺑이치며 일하고 있는지
누가 다시 그런 일터에서 피눈물을 흘리고 있는지

1100만 비정규직의 피와 땀과 눈물과 한숨은 누구의 금고
에 빼곡히 쌓여가고 있는지

진상을 규명해야지요
산업안전보건법은 왜 28년 만에야 처음으로 개정될 수 있
었는지
중대재해처벌법 기업살인법은 왜 통과되지 않는지
불법파견 중간착취 사업주는 왜 처벌되지 않는지

진상을 규명해야지요
청년의 죽음을 끝까지 지켜온 게 국가인지 시민인지
재발 방지를 위한 진상조사위 구성
발전 5개사 비정규직 2200명 정규직화 등은 누가 관철해
왔는지

진상을 규명해야지요
왜 촛불정부는 1700만이 밝혀둔 시대의 빛을 꺼뜨리려 하
는지
왜 국회는 모든 촛불입법에 대해 침묵하고 있는지

왜 이 나라는 다시 재벌 관료 자산가 정치인 들만이 무한
히 자유로운 나라가 되어가는지

진실을 규명해야지요
이때 한 청년비정규직의 죽음이 우리에게 어떤 빛이 되어
주었는지
한 어머니의 울부짖음이 우리 모두의 폐부를 어떻게 찢어
왔는지
왜 없는 이들에게 여전히 세상은 곳곳이 세월호이고 구의
역이고 태안화력발전소인지

이 실상을, 이 참상을, 이 야만을 규명해야지요
남은 우리 모두가 김용균이 되어
이 뿌리 깊은 설움을, 이 분노를 규명해야지요

이런 시작이라고 약속이라도 해야 하지 않겠습니까
이런 시작이라고 저 어머니를 부둥켜안아야 하지 않겠습
니까
이런 시작이라고 이 불의한 시대에 선포해야 하지 않겠습

니까

달리 어떤 위로의 말도 찾지 못해
진상을 규명해야지요, 진상을 규명해야지요
수천만번을 되뇌며
우리 시대 또다른 빛이 되어주었던 당신을 떠나보냅니다

* 그의 죽음을 추모하고 애도하며 진상규명을 외치는 노동자 시민들의 연대에 힘입어 정부와 협상 결과 진상조사위 구성이 약속되었다. 28년 만에 산업안전보건법이 통과되었고, 5개 발전소에서 일하는 김용균의 비정규직 친구들 2200여명이 정규직으로 안전하게 일할 수 있는 길이 열렸다. 시민사회는 태안에서 서울대병원으로 빈소를 옮기고, 대표단들이 무기한 단식에 돌입하기도 했다. 그의 어머니 김미숙님은 생전의 이소선 어머니를 떠올리게 했다. 이 시는 투쟁 과정 중 범국민추모제 당시 써졌다.

대답해드리죠, 스님
촛불 항쟁에 소신공양한 정원 스님을 추모하며

다시는 추모시를 읽으며 무너지고 싶지 않아
다시는 짓밟히고 끌려가는 이들을 보고 싶지 않아
다시는 저 고공농성장 아래서 피눈물 흘리고 싶지 않아
박근혜라는, 권력이라는, 재벌이라는
특권과 비리와 부당함과 불공정과 불평등이 없는 세상을
위해
얼굴과 당 이름만 바뀌는 정권 교체가 아니라
새로운 세상의 기준과 윤리를 세우고 싶어
이 광장에 나왔습니다

　　맞으면 맞는다고 대답해주십시오
　　자신의 몸에 기름을 붓기 전
　　정원 스님이 지금 묻고 있습니다

야만과 폭력의 근대와 이제 그만
결별하기 위해 나왔습니다
친일 친미 저 제국주의의 잔재
분단의 녹슨 철조망을 걷어내기 위해
구시대 정치세력들과 안녕하기 위해

피눈물의 5·18을 넘어서기 위해
미완의 87년 체제를 이제 그만
훌쩍 뛰어넘기 위해 나왔습니다

백남기 농민의 원혼을
쌍용차 정리해고 희생자 26명의 원혼을
밀양 핵마피아 반대 이치우 유한숙 선생의 원혼을
기아차 비정규직 윤주형, 한진중공업 최강서, 전주버스 진기승, 삼성전자서비스 최종범 염호석, 180명에 이른 삼성반도체 희생자, 유성기업 한광호, 구의역 9-4번 스크린도어에 끼여 숨져간 스무살 청년비정규직, 그 무수한 노동자 민중들의 원혼을 달래기 위해 나왔습니다
강남역 10번 출구 화장실에서 살해당한 젊은 여성의 원혼을, 송파 세 모녀의 죽음을, 서른두살 청년 예술가 최고은의 원혼을
장애등급제 부양의무제 사슬 아래에서 죽어간 장애인들의 원혼을 달래기 위해 나왔습니다
토건재벌 배를 불리기 위해 죽어가던 4대강에서
전쟁기지 앞에서 무너져가던 강정 구럼비 바위 앞에서

사드 배치에 맞선 성주에서

여전히 철거당하는 수많은 도시빈민들의 현장에서

치솟던 분노를 듣고 왔습니다

국정원 대선 부정, 원내 진보정당 강제해산, 전교조 법외
노조화, 역사 교과서 국정화, 위안부 졸속 합의, 한일군사보
호협정 체결

그 모든 농성장에서 폭발하던 분노를 듣고 왔습니다

의료민영화, 철도민영화, 모든 공공부문 사영화 반대

1000일이 지나도록 원인규명조차 할 수 없는 세월호 농성
장에서

억눌렸던 분노를 듣고 왔습니다

이렇게 박근혜만 바꾸자고 나온 게 아니라

세상을 바꾸자고 나왔습니다

그렇지 않습니까?

정원 스님이 간절히 묻고 있습니다

맞으면 맞는다고 대답해주십시오. 그렇지 않습니까?

이미 세상이 아니었습니다

1만명에 이르는 문화예술인 블랙리스트

1100만 비정규직 시대, 정리해고 천국, N포세대들의 헬조선

흙수저들의 비참한 사회, 개돼지들의 나라

수많은 민중들이 알아서 생을 반납해야 하는 자살공화국

일할수록 가난해지고

평생을 일해도 빚 없이는 집 하나 가질 수 없는 부동산 투기 공화국

재벌 일가족과 거기에 빌붙은 소수들만 천국인 사회

이런 세상을 만들라고 정치인들에게

정부에게 검찰에게 법원에게 헌법재판소에게

우리 모두의 권리인 주권을 위임했습니까?

이미 진즉 엎어져야 할 세상 아니었나요?

정원 스님이 그런 우리 모두의 목소리를 듣고 싶어 합니다

맞으면 맞는다고 다 함께 답해주십시오

그렇지 않습니까?

박근혜와 황교안과 공범 부역자들이 즉각 내려와야 합

니다

　박근혜표 불공정 불평등 정책들이 전면 폐기되고

　새로운 사회를 위한 입법들이 즉각 통과되어야 합니다

　모든 공작정치 공안탄압 진실규명 국정조사가 실시되어
야 합니다

　선출되지 않은 독점권력 영원히 세습되는 부당권력

　재벌이 구속되어야 합니다

　그러기 위해선 이 광장이 무너지지 않아야 한다고

　이 촛불이 꺼지지 않아야 한다고

　주권자들의 직접행동이 멈추지 말아야 한다고

　정원 스님이 어두운 밤 불빛 하나가 되었습니다

　등대 하나 별빛 하나가 되어주었습니다

　나의 죽음이 어떤 집단의 이익이 아닌

　민중의 승리가 되기를 바란다며

　이제 저 우주의 한 원소로 돌아가니

　어떤 흔적도 남기지 말아달라 했습니다

　　오늘만큼은 스님께 이제 남은 일은 우리에게 맡기시고

　　저 하늘로 잘 돌아가시라고 우리 모두가 함께한 목소리로 대답해드려야 하지 않겠습니까?

걱정 마십시오 스님
고맙습니다 스님
진실이 이깁니다
촛불이 이깁니다
광장이 이깁니다
민주주의가 이깁니다
우리가 주인입니다

* 촛불 항쟁이 한참이던 2017년 1월 7일 정원 스님이 광화문 시민 열린마당에서 자신의 몸에 불을 놓았다. 스님은 내가 철딱서니 없는 촌장으로 있던 '박근혜 퇴진 광화문 캠핑촌'의 촌민이기도 했다. 스님은 1980년 5·18 항쟁 불교계 대책위 활동부터 1987년 6월 항쟁까지 사회운동에 함께했다. 이명박에게 계란을 투척해 구속되기도 했고, 세월호 참사 때에는 팽목항에서 유가족들을 지키며 식음 전폐 기도에 나서기도 했다. 박근혜의 한일 위안부 졸속 합의에 항의해 파견 나가 있던 베트남에서 돌아와 외무부에 격렬한 항의행동을 해 재판 중이기도 했다. "나는 나의 소신공양 이후의 일은 생각하지 않는다. 나는 나답게 갈 뿐이다. 원이 있다면 이 땅에 새로운 물결이 도래하여 더러운 것들을 몰아내고 새 판 새 물결이 형성되기를 바랄 뿐이다"라는 유서를 남기셨다. 정원 스님의 안타깝고 뜨거운 소신공양 소식에 모두의 분노가 치솟았지만 촛불 항쟁의 평화 기조가 흔들리면 공권력과 수구보수 집단에게 공안탄압의 명분과 계기를 줄 수 있다는 차디찬 우려 탓에 모두가 조심스러워했다. 그런 연유로 서울대병원 응급실 앞에서 아수라처럼 벌어지던 우리 안의 갈등과 분열, 충돌과 외면은 너무나도 가슴 아픈 일이었다. 마지막 대책을 논의해야 했던 새벽, 서울대병원 장례식장 2층 로비에서 나는 침묵 외에는 어떤 말도 함부로 꺼낼 수 없는 말할 수 없이 무겁고 참담한 역사의 현장도 있음을 배웠다. 초라한 영결식 후 사십구재 때까지 스님의 작은 분향소는 내가 있던 텐트촌 한편에 외롭게 서 있어야 했다. 소수의 사람들이 분향을 해주고 가던 주말마다 평화로운 촛불 항쟁은 꺾이지 않고 계속되었다. 나는 조금씩 그 광장의 한복판에서 말을 잃어갔다.

부디 건투가 있기를!
2018년 종로고시원 쪽방 희생자들을 추모하며

좁은 복도 양쪽으로 구치소처럼
스물아홉개의 방이 마주 보고 있었지
쪽방이다 고시원이다 저렴주택이다 했지
창문 하나 없던 그곳에서 5호
10호 17호 등으로 불리던 당신들은
얼굴 없이 뭉뚱그려져 사각지대라 불렸지

화재경보기는 울리지 않았고
은빛 스프링클러 같은 은총은 없었지
영혼 한 홀 비집고 나갈 비상구도 없었지
더이상 작별해야 할 인연도 없이
인적 사항조차 없는 당신들 중 몇몇은
사람이 아니었기에 빈소도 없었지

오늘도 어느 누군가는
주택보급률 102퍼센트의 휘황찬란한 도심 뒷길을 걸어
어느 작은 사글세 쪽방에 몸을 누이지
고시생 아닌 인생 고시생이 되어
이 세상 모든 절망과 슬픔과 아픔을

밤새 읽어야 하지

저 작은 건물 이층에 스물세개의 방이 있었고
삼층에는 스물아홉개의 방이 있었지
그곳에서 당신들은 처음으로 함께 활활 타올랐다가
이내 잿더미가 되었지
금세 다시 잊고
부디 이 풍요로운 대한민국에 영광이 있기를!

신부님 우리들의 신부님
문정현 신부님께 드리는 시

서대문형무소 위에 떠 있던 달
군산바다 미군기지 위에
가족 잃은 어린 자매들의 집 위에 떠 있던 달
사람들이 쓰러지고 끌려간 거리 위에
마지막까지 떠 있던 달

평택 대추리 대추초교 지붕 위에 떠 있던 달
용산 철거민들의 망루 위에 떠 있던 달
한진중공업 정문 옥상 위에 떠 있던 달
처참하게 도륙당하는 천년의 강 위에 떠 있던 달
제주 강정 구럼비 바위를 끌어안고 울던 달
콘크리트 바닥에 쓰러져 신음하던 달

그렇게 파헤쳐지는 모든 슬픔 위에
아픔 위에 고통 위에 설움 위에
분노 위에 떠 있던 달

그러나 세상의 평화는 지지 않으리
평등의 노래는 그치지 않으리

제국의 군사기지 철조망 아래에서
하모니카를 불며 미소 짓던 달
아코디언을 켜며 웃던 달
한 손엔 지팡이 한 손엔 캠코더를 들고
용역깡패들을 쫓아 절뚝절뚝 뛰어다니던 달
쉬지 않고 사랑을 조각하던 달

우리는 하느님을 몰랐지만
신부님을 만나며
가난한 자들의 하늘을 보았으니
정의로운 자들의 부활을 보았으니
세상의 진정한 복음을 보았으니
신부님 우리들의 신부님
아무리 깊은 밤이 올지라도
언제까지나 우리의 어두운 길을 비춰줄
아름다운 생의 달

세상에서 가장 아름다운 시

박래군 석방 촉구 문화제에 부쳐

가능하다면 그에게
세상에서 가장 아름다운 시를 써주고 싶다

문학이 꿈이었던 스물셋
가만둬도 새파랄 나이에 군부의
녹화사업 대상이 되어 강제징집당해야 했던
학교를 버리고 공장으로 갔던
한미은행을 점거하고 끌려가야 했던
해고자가 되고 수배자가 되었던
동생 박래전의 젊은 영정 앞에서 무너져야 했던
사는 내내 억울하게 죽어간 이들 곁에
죄 없는 상주가 되어
오래 서 있어야 했던 그에게

전두환 때도 끌려가고
노무현 때도 끌려가고
이명박 때도 끌려가고
박근혜 때도 끌려간
그의 고단한 삶을 위로하는

정말 아름다운 시를 써주고 싶다

형제복지원과 에바다 같은
반인권 시설들이 사라지고 있다는
평택 미군기지를 몰아내고
그곳에 다시 대추리 주민들이 농사를 짓게 되었다는
용산 철거민 학살 진실이 밝혀지고
그 책임자들이 드디어 역사의 법정에 섰다는
쌍용차 정리해고 희생자들의 명예 회복이 이루어지고
모든 일터에서 일하는 사람들이 주인이 되고 있다는
강정 해군기지 건설이 취소되고
구럼비 바위들이 복원되었다는
밀양 송전탑 건설이 저지되고
핵 없는 세상에 대한 논의가 시작되었다는
무엇보다 세월호 참사의 진실이 모두 밝혀지고
그 책임자들이 단죄되고
이 세상이 조금은 더 안전한 세상이 되었다는

그런 세상을 위해

우리 모두를 대신해
다시 감옥으로 끌려간 그에게
이 세상에서 가장 아름다운 시를 써주고 싶다

이 돼먹지 않은
시대와 정권을 가만히 두지 않겠다는
세상에서 가장 뜨거운 시를
세상에서 가장 전위적이며 불온한 시를
그러나 세상에서 가장 아름다운 시를
그에게 주고 싶다

백발의 전사에게
백기완 선생님 영전에 드리는 시

제대로 된 중대재해기업처벌법 제정과
노동자 김진숙의 복직을 위해
청와대 앞에서 47일의 단식을 하면서도
'딱 한발 떼기에 목숨을 걸어라' 하시던
선생님은 제 곁에 내내 계셨죠

전사는 집이 없는 거라고
돌아갈 곳을 부수고 싸워야 한다고
전사의 집은 불의에 맞서는 거리며
광장이며 일터며 감옥이어야 한다고 하셨죠
선생님께 드리는 시는
동지에게 드리는 시는
이런 투쟁의 거리에서 써져야 제맛이겠죠

깨뜨리지 않으면 깨져야 하는 게
무산자들의 철학이라고 하셨죠
철이 들었다는 속배들이여
썩은 구정물이 너희들의 안방까지 들이닥치고 있구나 하
셨죠

내 배지만 부르고 내 등만 따스하려 하면
몸뚱이의 키도 마음의 키도 안 큰다 하셨죠
사랑도 명예도 이름도 남김없이
온몸이 한줌 땀방울이 되어
저 해방의 강물 속에 티도 없이 사라져야 하느니
'딱 한발 떼기에 일생을 걸어라' 하셨죠
혁명이 늪에 빠지면
예술이 앞장서야 한다 하셨죠
저항은 어떤 잘난 이들이 대행해주는 것이 아니라
여린 풀들이 숲을 이뤄
서로를 일으켜 세우고 세찬 바람에 맞서
한걸음씩 나아가는 거라 하셨죠

그런 선생님과 함께한
모든 고공의 날들이 단식의 날들이
삭발 농성 원정 점거 오체투지의 날들이
숫자에 연연하지 않고
관료적 질서와 권위에 연연하지 않고
오늘 보이지 않는 투신으로

내일 무엇을 얻을 거라는 계산도 없이
오직 지금-여기의 사회적 진실과 신음에 연대해
몸부림치며 절규하던 날들이
채증해! 고착해! 포위해! 연행해! 구속해!
10차 20차 해산명령에도 물러서지 않고
아직 오지 않은 미래를 향해
노구의 당신과 함께 나아가던
지난 세월들이 눈물겹습니다

그 모든 길에
당신이 어제의 높은 어른이 아니라
함께 어깨 겯고 가는 지금의 친구여서 고마웠습니다
그 모든 길에
당신이 지나온 영웅이 아닌 오늘의 동지여서 고마웠습니다
그 모든 길에
당신이 말과 훈계와 교훈이 아닌
온몸의 연대와 실천이어서 고마웠습니다
그 모든 길에
당신이 타협이 아닌 올곧음이어서 고마웠습니다

가끔 당신이 가고 나면
나는 우리는 누구에 기대
이 부정하고 얍삽한 세상을 건너갈까
어디에서 장산곶매의 기상을
함께 일하고 함께 잘 살되
올바로 잘 사는 세상에 대한 이야기를
길이 막히면 뚫고 길이 없으면
새 길을 내서라도 주어진 판을 깨고
노동자 민중의 새판을 열어야 한다는 새뚝이의 이야기를
제국주의와 자본에 맞서 이름 없이 쓰러져갔던
옛 전사들의 이야기를 들을 수 있을까
나도 선생처럼 영영 권력과 부유함과 나태와 타협하지
않고
끝내 밑바닥 민중들과 연대하며
거리와 광장에서 싸우다 쓰러질 수 있을까
두렵고 외로워지곤 합니다

그러나 그 외로움마저

전사들의 유산이라면 달게 받겠습니다
그 끝없는 분노와 서러움마저
전사들의 긴요한 양식이라면 거부하지 않겠습니다
우리가 흘린 땀과 눈물이 그 누구의 것도 아닌
새로운 인간해방의 밑거름이 되어
모든 생명들의 소외와 고통이 사라지는 그날까지
우리가 저 낮은 거리와 광장에서 맺은 우정은
사랑은 결의는
끝내 잊히지 않을 것입니다
고마웠습니다 백발의 동지!

이곳이 그곳인가요
한진중공업 김진숙 동지 37년 만의 복직을 맞아

이곳이 그곳인가요
줄지어 선 아저씨들 등짝에 하나같이 허연 소금꽃 피어 있어
그들 모두가 소금꽃나무 같다던 그곳
그 소금꽃나무에 황금이 주렁주렁 열렸지만
그 나무들은 단 한개의 황금도 차지할 수 없던

이곳이 그곳인가요
용접 불똥이 눈알에 튀어도 아프다 소리도 못 하던 공장
깡보리밥에 쥐똥이 섞여 나오는 도시락을 공업용수에 말아 먹던 공장
한여름 감전 사고로 혈관이 다 터져 죽어도
비 오는 날 비계에서 미끄러져 라면발 같은 뇌수가 터져 죽어도
바다에 빠져 퉁퉁 불어 죽어도 산재가 뭔지도 몰랐던 공장
다친 동료들 문병 다니고 죽은 동료들 문상 다니는 시간이 잔업 다음으로 많았던 공장

이곳이 그곳인가요

공안분실로 끌려갔던 박창수는 의문사가 되어 돌아오고

"나의 주검이 있을 곳은 85호 크레인입니다.

나는 죽어서라도 투쟁의 광장을 지킬 것이며 조합원의 승리를 지킬 것입니다"

크레인에서 내려가면 아이들에게

'힐리스' 운동화를 사주겠다던 김주익이 목을 매단 곳

35미터 고공 크레인에서 김주익의 시신이 땅으로 내려오고

11미터 지하 도크에서 곽재규의 시신이 땅으로 올라오던

이곳이 그곳인가요

"놀라지 말고 책상 위 편지를 봐라"

2011년 1월 6일 다시 죽음의 85호 크레인을 오르던

"아직도 85호 크레인 주위를 맴돌고 있을 주익씨의 영혼을 안고

나는 반드시 살아서 내려가고 싶다" 했던

"동지들이 많이 모인 날은 삶 쪽으로,

동지들이 안 모이는 날은 죽음 쪽으로 위태롭게 기울던"

죽어도 함께 죽겠다고 문철상이 저 건너편 크레인 위에 오르고

박영제, 박성호, 신동순, 정홍형이 다시 85호 크레인 계단을 밟던

이곳이 그곳인가요
2011년 6월 11일 밤 11시
백기완 선생이, 문정현 신부님이, 박창수 열사 아버님이
박종철 열사 아버님이 담장을 넘어오던
어린아이를 안은 가족이, 날라리들이 담장을 넘어오던
쌍용차, 유성, 기륭, 콜트–콜텍, 뉴코아이랜드… 등등
무수한 동지들이 담장을 넘어오던
넘어와 새벽빛 밝아올 때까지 함께 노래하고 춤추던

이곳이 그곳인가요
전국 185대의 희망버스가 진격해오던
퀴어 버스가, 장애인 버스가, 청소년 영의정 버스가, 인디 뮤직 버스가
반값등록금 버스가, 교수학술 버스가, 어린이책 작가 버스가
이주노동자 버스가, 인권활동가 버스가, 철거민 버스가

촛불시민 버스가, 농민 버스가, 비정규직 정리해고 철폐 버스가
  지난 시대의 모든 허위와 폭력을 넘어
  두려움과 공포를 넘어 진격해오던
  세상의 모든 시선이 집중되던

  이곳이 그곳인가요
  살아 내려와서도 당신만은 끝내 해고자여야 했던
  청년 최강서가 다시 조합 사무실에서 목을 매야 했던
  속절없는 세월…
  온몸에 퍼진 암세포와 싸우면서도
  끝내 포기할 수 없던

  이곳이 그곳인가요
  지금까지 살아온 이력 중 스스로 선택한 건 하나도 없었다는 당신
  스물여섯에 해고되고
  대공분실 세번 끌려갔다 오고
  징역 두번 갔다 오고 수배 생활 오년 하다보니

청춘이 모두 흘러 반백이라던 당신이
꼭 한번은 박창수가, 김주익이, 곽재규가, 최강서가 일했
던 곳 한번 둘러보고
동료들과 함께 예전처럼 식판 들고
사내 식당 밥 한끼 먹어보는 게 소원이었다는

이곳이 그곳인가요
"병원 갈 돈도 없는 집구석"
아픈 엄마를 두고 열다섯에 고향 떠나와
해운대 백사장에서 아이스께끼도 팔아보고
미싱사, 시내버스 안내양 거쳐
스물한살 용접공으로 이곳에 들어와
"첫 월급. 그 눈물 나는 돈을 받아 엄마 쉐타 사고 법랑 냄
비 사니까 없더라.
그걸로 내가 지은 죄 다 갚았다고 생각했다"는
당신의 모든 걸 빼앗은 공장

노동자의 가련한 처지를 팔아 따낸 권력의 맛이 꿀맛이더
이까?

동지라 했던 두 사람이 모두 이 나라의 대통령이 되었지만
끝내 당신만은 복직할 수 없었던 공장
"우리가 뭘 그렇게 잘못했습니까?
뭘 그렇게 죽을죄를 저질렀습니까?
자본이 주인인 나라에서, 자본의 천국인 나라에서,
어쩌자고 인간답게 살고 싶다는 꿈을 꾼 죄입니까?
이 소름 끼치는 살인 게임이 몇편이 더 남았습니까?
노동자의 목에 빨대를 꽂고 더운 피를 마시는
이 흡혈 게임이 얼마나 더 남았습니까?"
이 억장 무너지는 분노를
피가 거꾸로 솟구치는 이 억울함을
언젠가는 갚아줘야 하지 않겠냐고 울부짖던

이곳이 그곳인가요
이곳이 그 피눈물 나던
그러나 우리 모두가 끝내 희망을 포기하지 않고
"웃으면서 함께 끝까지 투쟁"을 외치던
그 눈물겨운 공장인가요

당신과 당신의 동지들이 우리의 희망이었습니다
당신이 우리의 어제였고 오늘이었습니다
이 분노를 이젠 저들에게 돌려주어야 할
시간이 돌아오고 있습니다
우리는 그렇게 할 수 있을 것입니다

* 김진숙은 1986년 7월 14일, 근로조건 개선을 요구하는 유인물 150장을 동료들에게 나눠주었다는 까닭으로 대공분실에 세차례 끌려가 고문을 받고 부당해고당했다. 2011년 1월, 동료였던 김주익 열사가 고공농성 129일차에 자결한 85호 크레인에 올라 309일 동안 고공농성을 했다. 당시 나 또한 그와 함께하기 위한 '희망버스' 운동의 관련자로 수배, 구속되기도 했다. 2021년엔 그의 복직을 위한 청와대 앞 집단 단식에 참여해 47일을 단식했다. 그간 전경련, 경총 등이 나서서 그의 복직을 반대했고, 정치권도 이에 동조하면서 그는 일제강점기보다 더 오랜 37년 동안 해고자로 남아야 했다. 두차례에 걸친 암 투병 과정에서도 그는 정의를 세우기 위한 투쟁을 멈추지 않았고, 2022년 2월 25일 끝내 37년 전의 부당해고를 인정케 하고 복직했다. 그날 '그곳'에서 읽게 된 시다. 시 내용의 대부분은 그가 남긴 글들에서 따왔음을 밝혀둔다.

'대책 없는' 시인이 꿈꾸는 '대안 있는' 세상

김명환

1

송경동 시인이 새로 나올 시집의 해설을 부탁하는 전화를 했을 때, 반갑게 승낙한 순간부터 속으로는 무슨 얘기를 어떻게 쓰나 난감한 면이 있었다. 우리의 통화는 20대 대통령 선거 훨씬 전이었으니 3월 9일 이후 한동안은 이 글을 과연 쓸 수나 있을까 싶었다. 2016~17년의 촛불 항쟁으로 압도적 다수의 주권자가 열어준 새 세상으로 가는 길과는 크게 멀어졌기 때문이다. 이처럼 잘못된 결과가 나오게끔 민주당 정권이 거듭 탈선하는 과정을 누구보다 민감하게 지켜본 시인이기에 오히려 그 자신은 담담하겠지만 말이다.

새삼 내가 송경동 시인을 언제 처음 만났는지 돌아보았다. 당시 근무하던 대학에서 시작한 구로공단 공동연구의 참여자로서 자문도 구하고 자료도 빌릴 겸 구로노동자문학회를 찾아갔던 1997년 하반기였다. 송 시인은 기억하지 못하겠지만, 작은 탁자 앞에 단정하게 가부좌를 틀고 앉아 혼자 공부하던 그를 처음 본 장면은 지금도 생생하다. 이런저런 얘기를 나누다가 그가 신경숙 소설 『외딴방』에 등장하는 노조위원장의 실제 모델을 안다는 말에 반색했던 기억도 선하다. 그에게 연락처를 얻어 여전히 구로에서 지역운동을 모색하던 조경수 선생을 만났고, 조 선생의 권유로 몇몇 노동운동가들이 주민운동을 일구며 IMF 위기를 헤쳐나가는 모습을 관찰할 기회도 있었다. 이 글을 쓰려고 그의 첫 시집 『꿀잠』(삶이보이는창 2006)을 들춰보니 뜻밖에도 내가 직접 사지 않고 그가 보내준 것이었고, 전국철도노조 강당에서 열린 출판기념회 초대 메모가 아직 들어 있었다. 그 자리에 간 기억은 없고, 이후 나는 그의 활동과 작품에 관심은 컸지만 우리는 이십년 넘게 서로 다른 길을 걸으며 가끔 마주친 게 고작이다.

2

나도 2022년 5월 이후를 어떤 자세로 살아갈지 고민스러운데, 송경동 시인은 두말할 나위 없을 것이다. 그가 외면하지 못할 사건들이 터질 것이고, 또 어떤 풍파에 휘말리게 될지 알 수 없다. 정작 시인 자신은 달라진 현실적 조건에서 닥쳐올 고생도 고생이지만 아마 자신의 삶과 투쟁이 과거의 관성에 갇혀 뒤처지지 않을까 가장 두려워하고 있을 것이다. 그래서 네번째 시집 『꿈꾸는 소리 하고 자빠졌네』는 더욱 반갑고 소중하다.

시인의 표현에 따르면, 그는 사회운동을 한 삼십년 동안 쫓아다녔다. 그 오랜 경험을 담은 그의 작품 세계 밑바닥에는 힘겨움과 피로감이 스며 있다. 싸우고 또 싸워도 같은 일로 또 싸움에 나서야 하는 현실은 엄연하고, 오랜 세월 거리에서 투쟁했지만 바뀐 것은 별로 없다. 적대 세력이나 기회주의적 인사들이야 논외이지만, 투쟁에 동참해온 동지나 연대 세력의 이탈과 무관심, 모욕적인 반응을 향한 엇갈리는 심경이 시집 구석구석에 조용히 숨어 있다. 사회운동 역량의 절대적 한계를 절감하는 안타까움도 엿보인다. 당연히 개인적인 고통과 회한이 짙게 깔리고 자기반성과 성찰이 주제인 시편이 많다. 시집에 수록된 순서대로 몇편 고르자면 「관변시인」「대한민국 예술원 풍경」「삶이라는 도서관」「내 안의 원숭이를 보라」「목욕탕 순례기」「끝없이 배우는 일의 소중함」「'결'자해지」등이 있다.

이 중에서 「'결'자해지」는 시인의 고뇌가 도달한 경지를 보여준다. 끝에서 두번째 연에서 "'결여'나 '결함', '결점'이나 '결핍' 같은/결손의 말들이/'결의'나 '결사', '결단'이나 '결전' 같은/꽉 채워진 말들보다/소중하게 느껴진다는 말을 하고 싶었나본데"라고 한 후, 마지막 연에서 "이젠 그런 '결'자들에서 벗어나/큰 의미 없이도 우리 모두를 살리는/'물결'이나 '바람결'이나/조용한 '숨결' 같은 것도 느껴보며/조금은 다른 삶의 결로도 살아보고 싶은/해 질 녘 우연한 그리움"으로 마무리하며 반전의 묘미를 거둔다. 하지만 이 시집에서 자기성찰의 명편을 고르라면 「삶이라는 도서관」이 아닐까 한다. 전문을 인용해보자.

다소곳한 문장 하나 되어
천천히 걸어나오는 저물녘 도서관

함부로 말하지 않는 게 말하는 거구나
서가에 꽂힌 책들처럼 얌전히 닫힌 입

애써 밑줄도 쳐보지만
대출 받은 책처럼 정해진 기한까지
성실히 읽고 깨끗이 반납한 뒤
조용히 돌아서는 일이 삶과 다름없음을

나만 외로웠던 건 아니었다는 위안
혼자 걸어 들어갔었는데
나올 땐 왠지 혼자인 것 같지 않은
도서관

온갖 고난을 마다하지 않고 싸운 끝에 부족한 능력, 저지른 잘못, 이루지 못한 목표에 대한 아픈 성찰만 남는다면 맥 풀리는 일이고, 심지어 해탈과 달관을 향한 어설픈 욕심이 엿보인다면 민망할 것이다. 단언컨대 송경동 시인은 결코 그럴 사람이 아니다. 그의 시를 통독하다보면 고달프고 슬픈 얘기를 할 때도 그는 언제나 다음 단계로 나아가기 위해 심신을 가다듬고 있음을 감지하게 된다. 시인의 "대책 없는"(첫 시집 뒤표지 백무산 시인의 표현) 전투성은 자신과 함께했던 숱한 동지들에 대한 기억과 신뢰에 뿌리를 두고 있다.「오늘 난 편지를 써야겠어」는 나는 미처 들어보지도 못한 투사들의 역경과 비극적 죽음을 그리지만, 이 작품에서 스러진 동지들에 대한 죄책감과 자신도 그들처럼 될지 모른다는 불안감만 읽는다면 명백히 오독이다. 시인마저도 "지금도 김이었는지 박이었는지 헷갈리는/혁이도 마석 모란공원 납골당에 안치했다"는 발언에서 드러나듯이, 이렇게라도 기록해두지 않으면 영영 묻힐 그들의 생애를 위한 기억투쟁의 굳건한 의지를 잊지 말아야 옳다.

　역사의 주체로서 노동자와 민중을 노래하는 시인의 신념을 어느 작품 하나를 골라 논하기는 어렵다. 모든 작품에 깔려 있는 믿음이자 세계관이기 때문이다. 강조할 것은 사회운동에도 여지없이 스며든 온갖 오류와 편협과 아집에도 아랑곳없이 꺾이지 않는 민중의 생명력에 대한 시인의 경외감이다.

> 그러나 아직도 모르겠는 것이 있다
> 과실이나 결과를 탐하지 않고
> 불의와 폭력에 맞서다 이름 없이 스러지는
> 더 수많은 이들의 선한 의지는
> 도대체 어디서 발원하는지
> 도대체 알 수가 없다
>
> ──「토대」부분

「연루와 주동」「목소리에 대한 명상」 같은 시편도 활동가들을 포함한 운동 문화의 한계를 짚고 있지만, 민중의 참모습에 대한 깊은 경험에서 우러나온 넉넉한 믿음 없이는 나오기 어려운 작품들이다. 그렇다고 시인이 노동자나 민중을 미화하거나 신비화하는 낌새는 없다. 가령 「우리는 공동체이기 때문에」는 옛날 건설 현장의 '노가다판'을 무대로 젊은 시절 시인의 불같은 성미가 '오야지'의 횡포와 충돌해 빚어내는 일화가 깊디깊은 삶의 모순에 빠져 있는 직접생산자의 실상을 극화한다.

이 시집에도 역시 숨 가쁜 집회 현장에서 낭독한 '전선시'가 많다. 그중에서 「대답해드리죠, 스님」은 각별하다. 당시 정원 스님의 분신이 어떤 이에게는 낯선 돌발 사건이었고, 어떤 이에게는 촛불 항쟁의 평화 기조를 흔들 위험한 행동으로 느껴졌을 것이다. 시인은 시에 딸린 각주에서 정원 스님의 이력과 당시 상황을 소개하면서 "나는 침묵 외에는 어떤 말도 함부로 꺼낼 수 없는 말할 수 없이 무겁고 참담한 역사의 현장도 있음을 배웠다"고 고백한다. 스님의 결단에 대한 평가는 다양하겠지만, 그의 죽음과 그 복잡한 의미를 아예 잊는다면 촛불 항쟁에 대한 협소한 이해로 빠질 위험이 있음을 명심해야 한다. (사족이지만, 스님의 이름도 들어보지 못한 내가 밤늦게 들른 빈소의 무겁디무거운 분위기는 지금도 잊히지 않는다.)

운동의 전망과 방향이라는 어려운 과제를 해결하고자 현장과 거리에서 직접 몸으로 뛰고 부딪친 활동가로서 그의 시적 목소리에는 옹골찬 대범함이 실려 있다. 촛불 대항쟁의 광장에 대해 그는 당당하게 말한다.

어떤 민주주의의 경로도 먼저 결정해두지 말고
어떤 역사적 사회적 정치적 한계도 먼저 설정해두지 말고
오늘 열린 광장이 최선의 꿈을 꿔볼 수 있게

광장을 관리하려 하지 말고
광장보다 작은 꿈으로 광장을 대리하려 하지 말고
대표자가 없다는 말로 오늘 열린 광장이
어제의 법과 의회 앞에 무릎 꿇지 않게 해주세요
———「우리 안의 폴리스라인」 부분

당연히 노동자와 노동운동이 현행 법률에 저촉되지 않고 싸울 방법은 없는 것이며, 시인은 "기존의 법을 뛰어넘어/새로운 법을 만들려고 싸울 때만이/비로소 노동자는 자유로워질 수 있다"(「노동자 변호사」)는 분명한 진실을 확인하기도 한다. 표제작 「꿈꾸는 소리 하고 자빠졌네」에서 시인은 "한진중공업 희망버스" 때 노동자의 국제 연대를 제안하거나 박근혜 정부의 노동3권 개악에 맞서 "일만 사천개소의 노동자 시민 투표소를 조직해보자"고 나섰다가 헛소리 말라고 냉대를 당했지만 물러설 기색이나 반성의 기미가 한치도 없다. 시인이 '대책 없는' 사람인 탓도 있지만 촛불 항쟁 당시 "박근혜 퇴진 광화문 캠핑촌"을 꾸려 촌장으로서 여러가지 실험을 하며 "작은 코뮌"을 성공시킨 덕분이기도 하다. 시인이 "나는 계속 꿈꾸는 소리나 하다/저 거리에서 자빠지겠네"라고 마무리할 때, 그와 똑같은 꿈을 꾸며 필요하다면 함께 서슴없이 거리에 드러누울 독자가 놀랄 만큼 늘어날 것이라 믿게 된다. 덧붙이자면, 이명박·박근혜 정권이 저지른 '문화예술계 블랙리스트 사건'에 누구 못지않게 앞장서서 싸운 이가 송경동 시인일진대, 이 중대한 범죄가 쉽게 망각되거나 별것 아닌 일로 치부되는 안타까운 과정을 지켜보자면 그의 존재가 더욱 소중하게 여겨진다.

3

우리는 국내적으로 '촛불혁명'이 좌절될 위기에 처해 있다. 또 이년 넘게 지속되는 코로나19 감염병 대유행의 근본 원인인 기후 위기는 지구 생태계를 교란하고 파괴한 탓에 오늘의 세계 자본주의 체제가 이대로 유지되기 어려움을 적나라하게 보여준다. 지구적 차원의 사회적 양극화와 동전의 양면처럼 연결된 기후 위기는 각종 재난의 고통과 부담을 땀 흘려 일하는 직접생산자에게 전가함으로써 사회적 격차를 더욱 벌리고 있다. 우리의 사회운동을 근본부터 다시 점검하고 정비해야 할 때이다. 우리에게 '혁명'은 오르막을 향해 수레를 밀어 올리는 일과 같아서 힘들고 지치거나 분열되어 멈추는 순간 뒤로 밀릴 수밖에 없다. 이는 20대 대통령 선거 결과가 잘 보여준다. 수레를 밀어 올리는 작업의 주도권을 노동자와 시민이 쥐지 못할 때는 더 말할 것도 없다.

기후 위기 극복이나 에너지 대전환은 시인이 희구하는 바대로 기존의 틀을 뛰어넘는 새로운 상상력이 발휘되어야 가능하다. 심지어 외국의 한 생태학자는 볼셰비키 혁명을 뒤따라온 러시아 내전기의 '전시 공산주의'에서 영감과 교훈을 얻어야 한다고 주장할 정도이다(안드레아스 말름 『코로나, 기후, 오래된 비상사태』, 마농지 2021). 그 주장이 타당한지는 더 따져볼 문제이지만, 우리의 대안은 시인이 꿈꾸는 '헛소리'처럼 전대미문의 것이 되어야 한다. 물론 시인은 이미 「가장 오래된 백신」과 「돼지열병」에서 팬데믹을 날카롭게 의식하며, "사랑과 연대라는 가장 오래된 백신"을 독자에게 환기한다. 그러나 이 정도로는 아직 턱없이 부족하다. 기층 민중이 기후 위기에 따른 각종 재난과 팬데믹으로 가장 큰 피해를 입는다는 명백한 사실에서 출발하여 좀더 구체적인 전망과 대안을 내놓는 동시에 당장 적극적인 행동에 나서야 하는 것이다.

그 점에서 송경동 시인의 두 어깨에 걸린 짐은 무겁고, 그렇기 때문에 그의 시적 성취에 대한 점검도 한층 치밀할 필요가 있다. 「내 삶의 서재는」의 마지막 연을 들여다보자.

그 서재들에서 나는
인생이라는 서글픈 책에서
희망이라는 군더더기를 덜어내며 사는
이 눈부신 사회의 평범한 밑줄들을 만나고
헐벗은 영혼들의 텅 빈 본문과
그럼에도 절망할 수 없는 눈물겨운 고전의 세계들을 읽었지
정의와 공평의 새로운 페이지를 꿈꾸며
스스로 구겨지거나 불타오르던
생의 비서(祕書)들도 만났지

여기서 "희망이라는 군더더기를 덜어내며 사는"과 "그

럼에도 절망할 수 없는"이라는 표현은 상호작용하며 팽팽한 긴장을 유발한다. 하지만 "인생이라는 서글픈 책에서"의 "서글픈"은 다른 단어로 바꾸거나 빼면 어떨까 싶다. 그래야 "스스로 구겨지거나 불타오르던/생의 비서(祕書)들도 만났지"라는 마지막 대목에 행여 감상(感傷)이 끼어들 여지를 배격할 것 같다. 시인의 작품에 굳이 흠을 잡는 이유는, 누구보다 그 자신이 가장 잘 깨닫고 있듯이 치열하고 부단한 시적 연마는 사회운동의 구체적 전망을 세우는 일과 한몸이기 때문이다. 「우리 안의 폴리스라인」의 마무리에서 "그렇게 내가 비로소 나로부터 변할 때/그때가 진짜 혁명이니까요"라고 힘주어 말하듯이, 시인이 바라는 혁명은 자아혁명, 사회혁명, 예술혁명이 하나가 되는 경지이다.

4

송경동 시인이 온몸을 던져 씨름하는 문제에 아직 관심이 부족한 독자는 그의 시들이 다 엇비슷하다고 오해할 수 있다. 그러나 그는 『나는 한국인이 아니다』(창비 2016)에서 우리 기업의 잔혹한 식민주의적 행태를 가차 없이 까발리면서도(「나는 한국인이 아니다」) 고공농성 경력의 노동자들이 '고공클럽'을 결성하자고 할 때 '저공클럽'이니 '허공클럽'이니 하면서 깔깔거리던(그러나 마냥 웃고만 넘길 수 없는) 일화를 그린 시도 내놓고(「허공클럽」), 교조적인 운동가의 한계와 위선을 꿰뚫는 자세가 또다른 옹졸함으로 굳어지는 것을 면하는 순간(「국보」)을 실감나게 창조했다.『사소한 물음들에 답함』(창비 2009)에서는, 그가 수없이 해온 작업이지만, 행정 당국의 무리한 강제철거에 목숨을 끊은 노점상의 존엄함을 되살려내거나(「비시적인 삶들을 위한 편파적인 노래」), 탄압에 나선 공권력의 저열한 짓거리를 단번에 쓸어버리는 통쾌한 시적 발언(「혜화경찰서에서」)을 성취했다. 첫 시집『꿀잠』에서도 노동자와 자연이 어우러진 순간을 포착한 한편의 수묵화로서 소위 '생태시'는 아니지만 오히려 더 생태시다운 작품(「깨끗한 풍경」)을 뽑아내는가 하면, 동심 앞에 절절매는 마음 덕분에 누구나 가슴이 따뜻해지는 작품(「고래와 아빠」)을 썼다. 앞으로도 송경동 시인과 독자들이 깊이 교감하면서 이처럼 풍요로운 시적 세계를 더욱 풍성하게 일구어갈 것이라고 믿는다. 그 길은 대한민국의 헌법과 법률을 지키라고 일어선 촛불의 정신에 부합하지만, 동시에 헌법의 정신과 주권자의 정당한 요구를 위해 위법을 두려워하지 않는 길, 혹은 고무질 잣대나 다름없는 자의적인 실정법 해석과 적용을 단호히 거부하는 길이다. 또한 '비시적인' 삶을 타파하여 시적인 삶, 온전하고 인간다운 삶을 이룩하려는 예술가로서 삶과 생명에 대한 깊은 책임감을 지닌 시인이 모든 사람과 함께 걸어갈 혁명의 길이다.

金明煥 | 문학평론가·서울대 교수

건강은 괜찮으냐고 사람들이 자꾸 묻는다.
나도 오래 살고 싶다.
왜냐하면 이 세계는 참 아름다운 곳이기 때문이다.

…이번 정권에서는 끌려가는 일보다
밥을 굶어야 하는 일이 늘었다. 그게 오히려 고됐다.
단식만 도합 71일을 했으니 29일만 더 채우면
마늘도 쑥도 먹지 않고 정진한 나도
단군신화에 나오는 곰처럼 사람이 될 수 있을까?
사람이 되고 싶은데 나이 들어갈수록
그게 좀체 쉽지 않다는 것을 배운다.

…난 곡류와 단백질만을 섭취하며 자라오지 않았다.
대다수 인류가 실현하는 끊임없는 사랑과 노동과 헌신,
그 선한 힘을 나눠 받으며 이만큼이나마 자라왔다.
이 길이 맞는 길인지 가끔 의문이 들기도 하지만
함부로 살지 않으려고 노력하는 건 그 때문이다.

그 모든 생명과 물질들에게 감사드린다.

…얼마 전 지구에서 가장 먼 별이 발견되었는데
129억 광년 떨어진 곳에 있는 '에렌델'이라 한다.
빛의 속도로 가도 129억년이 걸린다는 머나먼 곳.
내가 나에게, 내가 당신에게 다가가는 데도
그만큼의 시간이 걸렸던 것이라고 믿어주면, 고맙겠다.

2022년 4월
송경동